JN058037

～エノク第二部隊の遠征ごはん～
食前酒
ルードティンク隊長お気に入りの隠し白ワイン
～たまに料理に使っていました、ごめんなさい～
前菜
樹液シロップをたっぷりかけた、パンケーキ
スープ
森の恵みの山賊風スープ
魚料理
白身魚のチーズ蒸し
肉料理
棒つきソーセージ
野菜料理
スライムあんかけ麺
チーズ
黄金風チーズグラタン
デザート
幻獣饅頭
食後酒
ルードティンク隊長お気に入りの赤ワイ
～取り上げたまま忘れていました、ごめんなさい

エノク第二部隊の遠征ごはん
Enoku Dai Ni Butai No Ensei Gohan
7

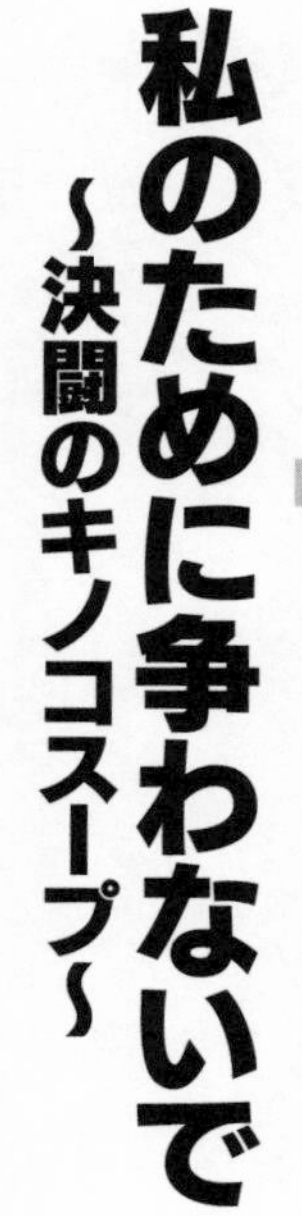

私のために争わないで
～決闘のキノコスープ～

Enoku Dai Ni Butai
No
Ensei Gohan

フォレ・エルフとして生を受けたものの、魔力なし、財産なし、器量なしのないない尽くしだった私は、ある日婚約破棄された。

その、婚約破棄をしてくれた張本人であるランスが今、私の目の前にいる。

エルフらしい整った顔で、私をじっと見つめていた。

そんなランスはありえないことに、フォレ・エルフの森に帰るぞと言って、私の腕を掴んでいるのだ。

「おい、メル。何ぼーっとしているんだ？」

「呆れて、声が出ないだけです」

「それはこっちの台詞だ。なんでお前は、王都に出稼ぎに来ているんだよ？」

「ランスが婚約破棄したからに、決まっているじゃないですか！」

指摘すると、ランスはムッとした表情となる。自分で言っておきながら、不機嫌になるとはどういうことなのか。

「……あれは、冗談だった」

「はい？」

「お前の気を引くために、言っただけで」

「なんですって？」

私の気を引くためだけに、婚約破棄を言い渡したと？

百回くらい、凄み顔で「はあ⁉」と言いたくなった。

「あの、まったく意味がわからないのですが」

「意味がわからないのは、お前のほうだろうが！　いつもいつも、バタバタバタバタバタ働きやがって！」

「それは、うちが貧乏だから、仕方がないじゃないですか！」

「わかっているが、お前のバタバタ働く様子は、異常だったんだよ！」

「大家族だから、仕方がないじゃないですか！」

腕を掴んだ手を振り払おうとしたが、びくともしない。相手は大きな弓の弦を引いている狩人だ。力で敵うはずがなかった。

「んっ、んんんん！　は、離して、く、ください～～‼」

「離したら、逃げるだろうが！」

「あ、当たり前です～～‼」

顔見知りの、門番をしているおじさん騎士とすれ違ったので、咄嗟に叫んだ。

「た、助けてください！　誘拐されそうなんです！」

「おやおや、エルフの森から、仲間がやってきたんだな。仲良くしろよ」

「ちょっ、ちょっと～～～‼」

同じエルフ同士、じゃれているようにしか見えないのか。どうしてこうなった。頭を抱えたくなるが、ランスに腕を掴まれているのでそれも叶わず。

「ランス、話し合いましょう！」

「俺は、何度もお前に話しかけようとした‼」

「え、嘘だ～～」

「嘘じゃないっ!!」

耳がキーンとなるくらい、ランスは大声で叫ぶ。

なんでもランスは幼いころから、私を遊びに誘ったり、話しかけようとしたり、していたらしい。

彼が婚約者だと認識したのは、六歳のときくらいだったか。

幼いランスは、道ばたで摘んだ花を手に、私のもとへやってきたようだが……。

――あの、メル、このお花……！

――どいてくださーい！　久々の晴天！　洗濯物を干さなくてはー！

「お前は大量の洗濯物を抱えて、走り去って行った。すれ違ったときに、手にしていた花はすべて散ってしまった」

「は、はあ。それは、気付かずに失礼をしました」

「それだけじゃないからな！」

それは、十一歳のときの話。百年に一度、大空に大流星が見られる晩、ランスは私を誘って見に行こうとしたようだ。しかし……。

――おい、メル。流星を見に行こうぜ！

――すみません、今日は妹達の服作りで疲れていて。

――大流星は今晩しか見られないんだぞ？

――また、今度……ぐう。

「信じられないことに、お前は立ったまま寝始めたんだ」

「ありましたっけ、そんなこと?」

「あった!!」

ランスはそれでも、私を誘うことを止めなかったらしい。それは十五歳のときの話である。

──おい、メル！　見てくれ、こんな大きな獲物を仕留めたんだ！

──我が家は間に合っていますぅ～～!!

「お前は、俺を商人と勘違いし、カゴを持ってどっかに走って行った」

「ひ、酷い人ですね」

「全部、全部、ぜ～んぶ、お前一人の話だ!!」

全力で申し訳なくなった。すべて記憶にないが、私がランスに対して行った所業の数々は、心ないものと言っても過言ではないだろう。

「婚約破棄するって言ったら、お前は俺のことしか考えられなくなって、必死に縋ってくると思っていたんだ。でも、違った。お前は、婚約破棄を、受け入れてしまった」

「それは──」

だって、ランスは村長の孫で、小さいときからたくさんの取り巻きがいて、魔力もあって、狩猟も上手い。彼のことを好きだって言う女の子もいっぱいいて、遠い世界の住人だと思っていたのだ。

「なんだよ、それ。俺達は同じ、フォレ・エルフじゃないか」

「すみません……」

きっと、私の世界には家族しかいなくて、ランスが入り込む隙はなかったのだろう。けれど、弟や妹達が成人を迎え、私も結婚をしたら、状況はガラリと変わっていたかもしれない。

世界の中心はランスになっている未来も、あったかもしれないのだ。

彼の婚約破棄を、私が受け入れてしまったから、世界は変わってしまった。

「もう、フォレ・エルフの森には戻りません」

「お前はまた、訳がわからないことを言って！　今はなんとかなっているのかもしれないが、それがずっと続くわけではないんだぞ」

「それでも、私はフォレ・エルフの森には帰れません。この地で、大切なものを見つけたので」

「フォレ・エルフの森で暮らすことより大事なもんはないだろうが！」

「ありますっ!!」

「なんだよ、それは」

私は王都にやってきてから多くのものを手にした。

フォレ・エルフの私を受け入れてくれる、温かい職場。

仲間だと認めてくれる、優しい第二遠征部隊の人達。

私を母のように慕ってくれる、可愛い可愛いアメリア。

そして――。

「いいから、来い！　話は、フォレ・エルフの森に戻ってからゆっくり聞いてやるから」

「ランス、待ってください！　私は、あなたと結婚なんてできません！」

「なんでだよ!!」

「す、すす……」

「す？」

「好きな人が、いるからです！」

「はあ〜〜〜⁉」

ランスはフォレ・エルフの村長の家にある、巨大熊の剥製より怖い顔になる。

「好きな人って、どこのどいつだよ？」

「えっ、それは、その……ザラさんっていうんですけれど」

「なんだ、ザラっていう、都会にかぶれた名前の男は？　お前、そいつに騙されているんじゃないか？」

「騙されていませんっ‼　ザラさんは、そんな人じゃないので‼」

なんで、ランスとこんな話をしなければいけないのだろうか。恥ずかしいにもほどがある。

「お前な、都会の男と結婚してみろ。一日中働かされて、生活費も渡されず、疲れて眠る毎日を過ごすことになるんだぞ⁉」

「あの、それ、フォレ・エルフの森に住んでいたころの私なんですが」

家族が多いので、洗濯物は三回も川と村を行き来していたし、生活費なんて渡されないので、森に自生している木の実や野草を食べて暮らしていた。疲れて泥のように眠るのは、日常茶飯事である。

「それに比べて、今の仕事は休みが与えられますし、給料もあって、フォレ・エルフの森にいたころと違って疲れ果てるまで働かないので、毎日快眠ですよ」

「……」

さすがのランスも、返す言葉がなかったようだ。

「そんなわけですので、どうか、放っておいてください！」

「それはできないと、言っているだろうが！　いいから、一回フォレ・エルフの森に帰るんだよ」

「この、ランスの、わからず屋〜〜!!」

だんだん、疲れてきた。このままでは、力任せに連れ去られてしまうだろう。

「だ、誰か、た、助けて〜〜！」

そう叫んだ瞬間、上空から声が聞こえた。

「メルちゃんっ!!」

それは、ザラさんの声だった。天を仰ぐと、白い羽根がはらりと落ちてくる。

翼を大きく広げた鷹獅子(グリフォン)、アメリアの姿があった。ザラさんはアメリアに跨がった状態で、上空から地上へ降り立つ。

「な、なんだ、あれは⁉　デカい鳥だな？」

アメリアに気を取られていたランスだったが、駆け寄ってくるザラさんの存在にぎょっとする。

「メルちゃんを、離して！」

「な、なんだ、お前は⁉」

「ザラさん〜〜!!」

助けを求めた瞬間、ランスの拘束が強くなる。腰を引き寄せ、背後から抱きしめられるような形となった。

「ちょっ、何をするんですかー！」

「あいつが〝ザラ〟なんだろう？　予想通り、軽薄そうな男じゃないか！」

「ザラさんの何を知っていて、そんな発言をしているのですか！」

私とランスの言い合いを止めたのは、アメリアだった。

『クエエエエエエッ!!』

「うわっ、びっくりした。あれ、なんなんだよ！」

「私と契約している、鷹獅子のアメリアです」

「は⁉　お前、なんで幻獣と契約なんかできたんだよ」

「話したら長くなるので、一からの説明は止めておきます」

「なんでだよ！」

『クエエエエエエッ‼』

もう一度、アメリアに怒られてしまう。「いい加減にしろ」、と。

続けて、上空より大きな影が接近する。あれは、リーフだ。

「な、なんだ⁉　黒い鷹獅子もきたぞ⁉」

リーフはアメリアの隣に降り立つ。アメリアに、「どうしたんだ、俺のアメリア？」なんて甘い言葉を囁く。すかさずアメリアは、「あなたの私じゃない！」と突っ込んでいた。キレのある言葉だったが、リーフは気にしていない。心が強い子なのだ。

一方で、迫力ある二頭の鷹獅子を前に、ランスは目を白黒させていた。

「おい、メル。鷹獅子が二頭もいるって、どういうことなんだよ！」

「あの黒い鷹獅子も、私と契約している個体です」

「はあ⁉」

ランスはアメリアとリーフ、それからザラさんを見て叫んだ。

「わけがわかんねえよ‼」

その言葉に応えたのは、ザラさんだった。

「この場でもっともわけがわからない行動をしているのは、あなただと思うけれど？」

「なんだと⁉」

　ザラさんは今まで見せたこともない、怖い顔でランスを睨んでいた。

「つーかお前、メルのなんなんだよ！」

「私はメルちゃんと、一緒に住んでいるわ」

「は⁉」

「相当、親しい関係だと言ってもいいんじゃないかしら？」

「はあ～～～⁉　お、おい、お前、あの男と住んでいるのかよ？」

「ええ、まあ」

　正確に申告するならば、私はザラさんと二人暮らしではない。シャルロットやアイスコレッタ卿がいる。しかし今は、それを言わないほうがいいだろう。

「あ、ありえないだろうが。結婚していない男女が、一緒に住むなんて！」

「それは、フォレ・エルフの常識でしょう？　王都にやってきて、独自の価値観を引っ張り出してこないでいただける？」

　ザラさんの言葉に、ランスはギリッと歯を食いしばっていた。そこまで悔しがることなのだろうか。

　まあ、親同士が決めた結婚ができなかった者達の話は、あまり聞かない。本当に婚約破棄してしまったら、ランスの自尊心を傷つけることになるのだろう。

　けれど、婚約破棄すると宣言したのはランスだ。しかも、すぐに撤回しなかった。

　両親が頭を下げ、結婚相手を探す期間がどれだけ辛かったか、ランスは知らないのだろう。

私の両親がランスの両親に、婚約破棄は撤回してくれと懇願にしにくるのを待っていたのかもしれないが。

想定外だったのは、両親の考えだろう。ランスが拒絶した以上、私を嫁がせないという考えがあったのだ。

ザラさんとランスは、目線でバチバチと火花を散らしていた。

「ねえ、あなた。もしかして、メルちゃんの婚約者だった人？」

「だった、じゃねえ。今も、婚約者だ」

「でも、あなたのほうから、婚約破棄したんでしょう？」

「なっ……！　おい、メル。あいつに俺たちのこと、話したのか？」

「だって、王都に来るきっかけでしたし、話さないわけにはいかないでしょう？」

「冗談もわからない、お前が悪いんだろうが！」

「冗談ですって⁉」

ザラさんが、ドスの利いた低い声で聞き返す。

「あなたが軽い気持ちで言った言葉で、メルちゃんがどれだけ辛い気持ちになったか、わからないの？」

「いや、だって、こいつが、俺の話を聞かないから……」

「まさか、メルちゃんの気を引くために、婚約破棄したというの？」

「だって、こいつ……何を話しかけても、バタバタバタバタ働き回って、立ち止まらなかったんだよ！　仕方なかったんだ！」

この件に関しては、悪かったと思っている。私達一家は生きることに必死だったから、立ち止まれなかったのだ。

「婚約破棄しなくても、話なんていくらでもできたはずよ？」

「いいや、俺は、何度も何度も、こいつに声をかけた。でも大概、〝あとで〟とか、〝また今度〟とか言いやがって。夜は毎晩ぐうすか眠っているし。いつになっても、その機会は訪れなかったんだ！」

ランスを追い詰めてしまったのは、他でもない私だ。そう思っていたが、ザラさんは違うと言いきった。

「あなたね、メルちゃんが悪いみたいに決めつけているけれど、違うのよ」

「な、何が違うって言うんだ。こいつがいつもいつも、俺を相手にしなかったんだ！」

「違う。話す時間なんて、いくらでも作れるのよ」

「いいや、なかった！」

「ある、ないの話ではないの。自分自身で、時間は作るのよ」

「作る、だと？」

「ええ。もしも、メルちゃんが忙しそうにしていたら、その仕事を手伝えばいいの。そうしたら、作業しながら、お喋りだって可能なはずよ？　料理も、洗濯も、掃除だって、ふたりでしたら、時間短縮になるわ。早く終わったら、いくらでも一緒に過ごすことができる」

ランスは返す言葉が見つからないのか、悔しそうにするばかりだった。

「そんなことよりも、メルちゃんを、離してちょうだい」

「うるせえ！　これは、俺とメルの問題だ。第三者が介入するんじゃねえ！」

「メルちゃんが嫌がっているのに、あなた達だけの問題にできるわけがないでしょう？」

「うるさい!!　俺は——」

『クエエエ、クエエエエエエ!!』

またしても、アメリアが叫んだ。「だから、いい加減にしなさい!!」と。

『クエクエクエ、クエクエクエクエクエ!!』

早口で繰り出されるクエクエに、さすがのランスも言葉をなくしていた。

『クエクエクエクエ、クエックエー!!』

「お、おい、メル。お前の鷹獅子（グリフォン）、なんて言っているんだ？」

「えーーっと」

私からは、非常に通訳しにくい。ただ、説明しないと、せっかくのアメリアの訴えも無駄になってしまうだろう。

「ひとりの女性を争って、喧嘩するのは止めて！　と、訴えています」

「は？　争ってねえし！　俺はただ、お前をフォレ・エルフの森に連れ戻そうとしているだけで」

『クエクエクエ、クエクエ、クエクエクエ!!』

「ああ、もう。クエクエうるせえよ」

『クエクエー!!』

ランスはアメリアの言葉を理解できないが、アメリアはランスの言葉を理解している。よって、一方的に文句を言っているように聞こえるのだろう。

ここで、今まで大人しかったリーフが動き出す。大きな翼を広げ、飛び上がった。そして、低空飛行でランスと私目がけて接近する。

「うわっ!!」

ランス共々倒れると思っていたが——ぐっと腕を掴まれる。

「メルちゃん！」

「ザラさん！」

ザラさんは私を抱き留め、横抱きにして後退する。

『クエッ、クエー‼』

リーフはランス目がけて、鷲爪でパンチするように左右交互に繰り出していた。

ただ、本当に当てているわけではなく、空振りだが。それでも、時間稼ぎになる。

ランスが怯んだのを確認したリーフは、アメリアのもとへと戻っていった。

ザラさんが私を下ろすと、アメリアがすり寄ってくる。

『クエクエ～』

「アメリア……！」

ふかふかの羽毛を、ぎゅっと抱きしめる。なんでも、私の危機を感じ取り、ザラさんを連れてきてくれたらしい。リーフは、アメリアの叫びを聞いて、慌てて飛んで来たようだ。

「アメリア、リーフ、ありがとうございます」

鷹獅子（グリフォン）の優しさにじんわりしている場合ではなかった。

「クソ……なんなんだよ、あの黒い鷹獅子は……あ！」

ランスはすぐに起き上がり、逃げた私を睨んでいた。

「メル、お前――」

「ランス、ごめんなさい。私、フォレ・エルフの森に帰れません。王都に、大好きな人と、大切な人達がいるので！」

「それで、俺が納得できると思っているのかよ」

ランスは一ヶ月かけて、フォレ・エルフの森から王都へやってきた。生半可な気持ちで私を連れ戻しに来たわけではないのだろう。

死ぬほど頑固なランスは、何を言っても納得しない。ならば、どうすればいいのか。

ランスがギャアギャア叫ぶので、人だかりもできている。男女の痴情のもつれだと、ヒソヒソ話す声も聞こえてきた。エルフの耳は、小声も拾ってしまうのだ。

正直、恥ずかしい。一刻も早く、この場をどうにかしなければならない。

ひとりだけ、ランスに勝てそうな人物が思い浮かんだ。すぐに、口にした。

「上司……」

「ん？」

「私の上司がいいと言ったら、私はフォレ・エルフの森に帰ります」

「お前今、フォレ・エルフの森に帰ると言ったか？」

「はい。上司がいいと言ったら、という条件付きです」

「逆に、俺が上司とやらを説得できたら、帰るということにもなるが、いいのか？」

「はい」

私はルードティンク隊長を信頼している。フォレ・エルフの森に帰れとは言わないはずだ。

ザラさんの顔を見上げると、ホッとしたように頷いていた。

きっと、悪いようにはならない。私達には、ルードティンク隊長がいるから。

そんなわけでランスに騎士隊の入場許可を取り、中へと案内した。

ランスは物珍しそうに、騎士隊の建物をキョロキョロと見回している。

「騎士隊の本拠地だから物々しい場所かと思っていたが、案外普通なんだな」

「訓練と待機の場所ですからね。常に警戒心を剥き出しにしていたら、疲れてしまいます」

そんな話をしているうちに、第二部隊の騎士舎に到着した。井戸の前で洗濯をしていたシャルロットが振り返り、出迎えてくれた。

「おかえりなさーいって、メル、その人誰？」

「えっと……フォレ・エルフの森からはるばるやってきた、ランスです」

「そうなんだ」

ランスのピリッとした空気を感じ取ったのか、シャルロットは耳をぺたんと伏せ、軽くペコリと会釈するばかりだった。

「シャル、お茶を用意しようか？」

「ええ、お願いします」

ランスを客間に案内し、ザラさんに見張りをしてもらう。その間に、私はルードティンク隊長に報告に行った。

「ん、リスリス、どうした？　えらい早いじゃないか」

「あの、ルードティンク隊長……」

「どうした？」

「じ、実は、フォレ・エルフの森から、元婚約者がやってきて……私を、連れ戻しに来たのですが」

「なんだと？」

先ほどまで欠伸を噛み殺しながら話を聞いていたが、急に山賊顔になる。その恐ろしい顔を私に向けないで、ランスに向けてほしいのだが。

「私は、フォレ・エルフの森に帰りたくないです。今や、王都に骨を埋める気でいます。アメリアがザラさんを連れてきて、説得しようとしましたが、それでも聞かずに……」

「それで、俺に説得させるために、ここに連れてきたというわけだな？」

「話が早くて、非常に助かります」

ルードティンク隊長は深い深いため息をつき、立ち上がる。私の頭をポン！　と叩き、客間へと向かった。

客間から、言い合いが聞こえた。ザラさんとランスが、口喧嘩をしているようである。

「ちょっと、メルちゃんの悪口は言わないでくれる？」

「真実を口にしただけだ。あいつは、結局自分のことしか考えていないんだよ。家族を置き去りにして、王都になんかやってきて」

「置き去りになんかしていないわ。メルちゃんはずっと、家族のことを考えているの。仕送りだって、毎月送っているんだからね！」

そんなふたりの喧嘩を止めようとしていたのは、シャルロットだった。

「止めてー、メルのことで、争わないでー！　みんなで仲良くお菓子食べようよー！」

ルードティンク隊長は本日二回目のため息をつき、客間に入った。

「うるさいぞ、お前ら」

「うわあっ、山賊だっ!!」

ルードティンク隊長を見たランスが、瞠目しながら叫んだ。それに対して、「誰が山賊だ！」と返すのはお約束である。

「ランス、こちらのお方が、私の上司である、ルードティンク隊長です」

「はあ⁉　どっからどうみても、山賊のお頭じゃないか！」

「残念ながら、正規の騎士様です」

「おい、リスリス。何が、残念ながら、なんだ」

「す、すみません」

ルードティンク隊長はランスの前にどっかり座る。シャルロットは用意していたお茶を、配ってくれた。

「みんな、このクッキーを食べて、仲良くお喋りしてね」

シャルロットはそう言ってテーブルの真ん中にクッキーを置き、客間から出て行った。

パタンと扉の音がしたのと同時に、ルードティンク隊長は「ゴッホン！」と咳払いする。

「俺は、騎士隊エノク第二遠征部隊の隊長、クロウ・ルードティンクだ」

威圧感が半端ではない自己紹介である。もしも初対面の私だったら、「命だけはお助けを～～‼」と叫んでいたのかもしれない。

初めてルードティンク隊長に会ったときを思い出してみる。「耳が長くて、野ウサギみたいじゃねーか！」とガハガハ笑っていた。あのとき、私は思わずムッとむくれてしまったが、あれはルードティンク隊長なりに私の緊張を解そうと努めていたのだろう。

もしもランスにしていたみたいに、ジリジリ圧力をかけながらの紹介だったら、上手くやっていけるか心配になっていたに違いない。

まあ、野ウサギ呼び以外の方法で打ち解けてほしかった感はあるが。

「ランス、だったか？　お前は、リスリスを連れ戻しにきたと言うじゃないか」

「あ、ああ」

「こいつは、第二部隊になくてはならない衛生兵で、連れて帰ることは許さない」

ルードティンク隊長ははっきりと、ランスに宣言してくれた。もしかしたら、「首に縄を付けて連れて帰れ」なんて言うかも、と思っていたが。ルードティンク隊長ってば、さりげなく私を評価してくれていたのだ。

「──ただ」

「ただ⁉」

思わず、私までも身を乗り出して聞き返してしまう。

「おい、リスリス。どうしてお前が反応するんだよ」

「いや、だって、今の会話の流れだったら、〝連れて帰ることは許さない〟で終わってもいいじゃないですか！」

「まあ、そうだが、あいつは俺が言っただけでは、納得しないだろう」

ルードティンク隊長が顎で示したのは、ランスだ。腕を組み、険しい表情で私を睨んでいる。

私が第二部隊に必要な人材だとわかってなお、納得していないようだ。

「おい、ザラ」

「な、何よ」

「あいつと、リスリスをかけて勝負しろ」

「えっ⁉」

「はあっ⁉」

ザラさんとランスは、ルードティンク隊長の提案にギョッとした。

「勝ったほうが、リスリスと結婚する。それで、いいだろうが」

「いやいやいやいやいや!!」

待て、待て～い！　と、私自身が待ったをかける。

「ちょっと、なんでザラさんとランスが争って、勝ったほうが私と結婚するんですか！」

「だって、あいつはお前をフォレ・エルフの森へ連れて帰って、結婚するつもりなんだろう？　ザラは、自分の女を勝手に連れて行こうとしているから、怒っているんじゃないか。だったら、ふたりでリスリスを争ってもらって、勝ったほうが手にすればいい」

ルードティンク隊長のとんでもない提案を聞いて、思わず叫んでしまった。

「私のために、争いなんかしないでください!!」

シーンと静まり返る。注目が、私ひとりに集まってしまった。恥ずかしいので、真顔で見ないでほしい。

「えっと、その、本当に、争うんですか？　私を賭けて？」

先に話に乗ったのは、ランスだった。

「ちょうどいい。ムシャクシャしていたんだ。あのすかした男の顔面を、ぶっ飛ばしてやるよ」

「あら、物騒な人。でも、いいわ。受けて立つわよ」

再びバチバチ視線で火花を散らせるふたりに、ルードティンク隊長が待ったをかける。

「おい、待て。騎士の決闘は禁じられている。取っ組み合い以外で、勝負を決める」

「なんだよ、カードで勝敗でも付けるってのか？」

「いいや。勝負は――キノコ狩りだ」

「キ、キノコ狩り、ですか？」

「そうだ」

なぜ、キノコ狩りなのか。キノコの旬は、夏から秋だ。今は春なので、見つけるのも一苦労だろう。

「メリーナが言っていたんだ。春先に王都周辺の森で採れる、伝説の黄金キノコがあるってな」

「黄金、キノコ、ですか！」

貴族社会に伝わる、黄金シリーズの食材らしい。以前私達が口にしたのは、黄金チーズと黄金森林檎（オール・メーラ）である。どちらも、本当においしかった。

きっと、黄金キノコもおいしいに違いない。

「わかったわ。黄金キノコを見つけたほうが、メルちゃんと結婚するのね」

「仕方がねえな。探してきてやるよ」

ザラさんとランスは乗り気である。

「しかし、面倒な勝負を考えたものだ。取っ組み合いならば、一瞬で終わるのに」

一瞬で終わるのは、ランスのほうだろう。もしも、取っ組み合いで勝敗を決める場合、勝つのはザラさんだ。あのルードティンク隊長でも、訓練で投げられたことがあると言っていたくらいである。相当な強さに違いない。

「あの、ザラさん。大丈夫なんですか？　その、私を賭けた勝負に参加するなんて」

勝者は私と結婚できるという、決まりらしい。もしもザラさんが勝ったら、私と結婚しなければならないのだ。

「メルちゃん、あのね、私、これまで何度もメルちゃんに結婚を申し込もうとしていたの」

「そ、そうだったのですか？」

「ええ。でも、なぜか不思議なことに、いろんな邪魔が入って」

「ザラ、そうだったんだな」

「クロウ。言っておくけれど、あなたも何度か邪魔をしてくれたわ」

「そんなことがあったのか？　まったく気付かなかった」

私も、ルードティンク隊長同様に、気付いていなかった。鈍感にも、ほどがあるのだろう。

「だからね、メルちゃん。安心して。もちろん、求婚を受けるか受けないか、決めるのはメルちゃんだから」

「ザラさん……！」

何をもって勝負とするかは決まったが、私達には仕事がある。すぐに、というわけにはいかないだろう。

「休日は明明後日（しあさって）ですので、三日後、朝の九回の鐘が鳴る時間に、騎士隊の前に集合でいいですか？」

「は？　ちょっと待て。なんで三日後なんだよ」

「ランス、私達は今、勤務中なんです」

「三日も待てって、どんな苦行だよ」

ルードティンク隊長は腕組みしつつ、私とザラさんに命じた。

「わかった」

「どうせ、ガルがいない間は任務が入らない。やることも特にないから、ザラとリスリスは半休にして、キノコ探し対決をしろ。いいか？　半日で決着付けろよ？」

そんな……幻の食材が、すぐに見つかるわけがないのに。

「わかったわ。必ず、黄金キノコを見つけてみせるから」

「言ったな？　都会育ちのぼんぼんに、キノコ探しなんかできるわけがないのに」

ランスはまだ、ザラさんが王都生まれ、王都育ちだと思い込んでいるようだ。その発言を、ルードティンク隊長が訂正する。

「おい、ザラは辺境の雪国出身だぞ」

「は？」

「フォレ・エルフの森より、厳しい環境だったよな？」

「フォレ・エルフの森に行ったことはないからわからないけれど、一年の半分は雪で覆われていて、畑の作物も満足に育たない、痩せた土地であるのはたしかかね」

ランスの顔色が、みるみる悪くなる。王都育ちのザラさんに、黄金キノコは探せないだろうと思っていたのだろうか。

「夏から秋に採れるキノコは、貴重な食材だったわ。王都に来てからも、キノコ狩りは楽しんでいたし、キノコがありそうな場所は、だいたいわかるわよ」

一方で、ランスはきっとキノコ狩りはほとんどしていない。フォレ・エルフの男の仕事は、主に狩猟。薬草やキノコを採取するのは、女の仕事だから。

「ランス、棄権したほうがよくないですか？　時間の無駄ですよ」

「う、うるさい！　なんで俺が負けるって、決めつけるんだよ！」

「キノコがどんな場所に生えているか、知っているのですか？」

「キノコなんぞ、その辺にボコボコ生えているだろうが！」

「ただの道には生えていないのですよ」

「は⁉」

フォレ・エルフの森はじめっとした場所が多く、キノコの宝庫となっている。三歩進んだ先に、キノコが生えているくらい豊富だ。しかし、王都周辺は乾燥していて、決まった場所にしか生えていない。

優しいザラさんは、ランスにキノコの生える場所を教えてあげていた。

「キノコはね、湿った場所や、木の根っこ辺りに生えているのよ」

「そ、それくらい、知っている！」

絶対に嘘だ。指摘したら怒るので、言わないけれど。

「お前ら、キノコ採りだけに夢中になるんじゃないぞ。王都周辺の森は、魔物が出るからな」

「わかっているわ」

「キノコ採りに夢中になって、魔物に襲われるなんてドジをするかよ」

ランスは弓の名手である。気配にも敏感なので、もしも魔物が接近したら一発で仕留めるだろう。

「なあ、メル。あの男、本当に騎士なのか？　色白だし、腕も細いし、戦う男には見えないんだが」

「安心してください。武器を持ったザラさんを見たら、びっくりすると思うので」

「は？　武器を手にしたくらいで驚くかよ」

「お喋りはそこまでだ。準備をして、早く出かけろ。あ、騎士隊の制服で行くなよ？　決闘と勘違いされる可能性がある」

森でキノコを探していても、決闘とは誰も思わないだろう。まあ、念には念を入れて、ということで。

私はブラウスにズボンを合わせ、上から分厚い枯れ葉色の外套を着込む。完璧な、森歩きの恰好だ。

外に出たら、アメリアとリーフがやってくる。

『クエクエ？』

『クエクエクエ？』

「あ、今から、黄金キノコ採りの対決があるんです。アメリアとリーフも行きますか？」

アメリアとリーフは、同じタイミングでコクリと頷いた。戦いを、見守ってくれるらしい。

もう一匹、志願者が現れた。アルブムである。

『アルブムチャンモ、行クヨー』

「はいはい」

アルブムは首に巻いておいた。

中庭へと向かったら、ルードティンク隊長もやってくる。

「おい、リスリス」

「はい？」

「もしも、あのランスとかいう男が黄金キノコを発見したら、お前は本当にフォレ・エルフの森に戻るのか？」

「約束ですので、フォレ・エルフの森には帰ります。そうなった場合、結婚については、両家で話し合ったほうがいいかなと」

「そうだな。それがいい」

「騎士の仕事は、休むことになりますが」

じわりと、瞼が熱くなる。休職は許されても、第二部隊に復職できるとは限らない。それについて考えていたら、悲しくなってしまったのだ。

フォレ・エルフの森から王都まで、往復で二ヶ月もかかる。そんな期間が空いていたら、別の衛生兵を入れるだろう。復職できたとしても、第二遠征部隊に私の居場所はない。

「まあ、たまには、故郷に帰って両親に元気な姿を見せるのも、大事だろう。心配するな。衛生兵の仕事は、ウルガスがするから。臨時の弓兵は、余所から借りればいいからな」

「え？」

「なんだよ。うちの部隊に、復職しないつもりだったのか？」

「し、します！　第二部隊で、衛生兵のお仕事をしたいです！」

声が震えてしまったが、ルードティンク隊長はからかわずに、頭をポンと叩くだけだった。

心優しい山賊……ではなく、ルードティンク隊長に小さな声で感謝の気持ちを伝えた。

ランスもやってきた。森の散策に必要なカゴや帽子は、シャルロットに借りたらしい。

外で準備が整うのを待っていたら――武器を持ってやってきたザラさんを見て、ランスはぎょぎょぎょっとなる。

「な、なんだ、あの、クソでかい斧は⁉」

ランスは戦斧を担いでやってきたザラさんを見て、目が飛び出そうなくらい驚愕していたのだ。

今日はアイスコレッタ卿から賜った聖斧『ロードクロサイト』ではなく、以前使っていた戦斧を持ってきたようだ。服装も動きやすい格好で、黄金キノコ狩り対決への気合いが見て取れる。

「おい、メル。あの戦斧、魔法で軽量化でもしているのか？」

「いいえ、魔法はかかっていないですよ。ザラさんは、力持ちなんです」

「いや、おかしいだろうが。あの細さと体型で、あんなデカい武器を持ち上げるなんて。つーか、あれ、戦闘に使えるのか？」

「使えますよ」

私も最初は、ザラさんが戦斧を持ち出してきたときは、驚いたものだ。『猛き戦斧の貴公子』なんて呼ばれていたが、どうして『猛き』という言葉が付くのかという疑問は一瞬で晴れた。

戦斧を振り回して戦うザラさんは、荒々しく激しいの一言。けれども美しくもあるので、あの通り名はぴったりだと思った。

「いや、ありえん。絶対に、見栄で持ち歩いているだけだろうが」

「信じられないのならば、戦ってみる？」

「どうやって、弓矢と戦斧で戦うんだよ」

「それもそうね。だったら、クロウ？」

「ん？」

「一分だけ、模擬戦をしてくれない？」

「断る」

「一日中執務室で仕事をしていたら、体が鈍るでしょう？」

ザラさんは笑顔で戦斧を振り回し、地面にドン！　と音を立てて突いた。

「絶対に、戦いたくない」

そういえば、ふたりが本気になって戦う様子は見たことがない。外で武器の手入れをしていたウルガスも、見学に来たようだ。

「わー、ルードティンク隊長とアートさんの本気の戦いですか！」

「珍しいですよね」

「はい！　アートさんは、ルードティンク隊長のほうが強いって言っていたのですが、俺はアートさんのほうが強いと思っていたんです。やっぱり、山賊より貴公子ですよね！」

ウルガスの発言に、ルードティンク隊長が耳ざとく反応を示す。

「ゴラァ、ウルガス！　なんか、失礼な発言をしていなかったか？」

「い、いえ、なんでもありません！」

ウルガスはルードティンク隊長の大剣を持ってくるよう、命じられた。目にも留まらぬ速さで、取りに行く。そして、ウルガスが抱えてきた大剣を見たランスが、さらに驚くこととなった。

「なんだあの、馬鹿でかい剣は⁉」

「ルードティンク隊長の武器ですよ」

ルードティンク隊長が受け取った剣は、聖剣『デュモルティエライト』ではなく、以前使っていた大剣だ。最近は模擬戦用に使用しているようだ。

「な、なんだ、ありゃあ」

「訓練のさいは、木で作った武器を用いているようですが、たまに本物の剣や斧で模擬戦をしているようです」

「いや、戦斧も大剣も、騎士の武器じゃねえだろうが！」

それはまあ、そうかもしれない。隊列を組み、連携を取って戦う騎士は、ルードティンク隊長やザラさんの持つ大きな武器を持ったら動きにくいだろう。

少数精鋭の遠征部隊だからこそ、活躍の場はあるが。

「化け物の集団か。ちなみに、あの、下っ端の男の武器はなんなんだ？」

「ウルガスですか？　弓ですよ」

「まさか、身の丈ほどの大きな弓矢を持っているんじゃないだろうな」

「違いますって。普通の寸法です」

そんな話をしているうちに、ルードティンク隊長とザラさんの模擬戦が始まるようだ。ウルガスは審判を命じられ、居心地悪そうな表情で間に立っていた。

「え、えー、ではー、始めっ！」

合図を出すと、ルードティンク隊長が大剣を鞘から引き抜き、振り上げてザラさんへと襲いかかる。

「うわ、信じらんねえ。あの大剣を、振り回すなんて。山賊かよ」

ランスの率直な「山賊かよ」に笑いそうになるものの、奥歯を噛みしめて真剣に勝負を見守る。

ザラさんは戦斧を巧妙に操り、まずは防御の姿勢を取る。地面に刃先を付けて大剣の攻撃を受けたあと、足で柄を蹴り上げ、大剣を押し返していた。ルードティンク隊長が一歩足を引いた隙に、戦斧を振り上げ、そのまま振り落とす。

ガキン!!　と重たい音が鳴る。戦斧を、大剣が受け止めたが――。

「そこまでっ!!　アートさんの勝ちです!!」

ウルガスが待ったをかける。ルードティンク隊長はジロリと、ウルガスを睨んだ。

「おい、ウルガス。なんで、ザラの勝ちなんだよ。まだ、負けていないだろうが」

「ルードティンク隊長の大剣に、ヒビが入っています。二回目の攻撃を受けていたら、破損していたでしょう」

「なんだと⁉」

ルードティンク隊長は大剣の刃を確認していたが、本当にヒビが入っていたようだ。盛大に、「チッ！」と舌打ちをする。

「ザラ、お前、どんだけ力を込めたんだよ」

「ごめんなさい。クロウとの模擬戦は久しぶりだったから、気合いが入ってしまって」

にっこりとルードティンク隊長に微笑みかけたザラさんは、ランスのほうを向いて問いかける。

「これが実用的な武器だと、納得してくれたかしら？」

「わかったから、さっさと森に行くぞ！」

こうして、黄金キノコ狩り対決が始まった。

私は森の開けた場所に、本部を作る。魔物避けの聖水をまき散らし、焚き火を熾こした。

「一時間に一度は、休憩に来てくださいね。休まないと、集中力が下がるので」

「ええ、もちろんよ」

ランスは返事をせずに、そっぽを向いている。大丈夫なのか。心配になる。

「これからスープも用意しますので、飲みに来てください。今日は肌寒いので、きっと体が温まりますよ」

「楽しみにしているわ」

首に巻かれているアルブムも、耳元で『ヤッター！』と喜ぶ。

「では、黄金キノコ狩り対決を始めます！」

ランスはすぐさま駆けて行き、ザラさんは手を振って森の中へと入っていく。

「さてと。私達はスープを作りますか！」

『ハーイ！』

アメリアとリーフが見守る中、スープ作りを行う。

親切なザラさんはここに来るまで、ランスにキノコが生える場所を教えてあげていた。

その時に発見した胡椒茸（ペペリ）とベーコンで、スープを作る。

まず、鍋の中に乾燥キノコを入れてグラグラ沸騰させる。そこに、胡椒茸とベーコンを加え、途中で薬草、塩胡椒を振ってしばし煮込む。白濁していたものが澄んだ色になったら、キノコとベーコンのスープは完成だ。味見をしてみたが、おいしく仕上がっていた。乾燥キノコは旬に採って、乾かしていたものである。旨みがぎゅぎゅっと閉じ込められていたのだろう。

『キノコノ、コリコリシタ食感ガ、タマリマセンナア！』

アルブムも気に入ったようである。

一時間経ち、ザラさんが戻ってきた。カゴの中には、キノコがぎっしり詰まっている。

「メルちゃん、ただいま」

「おかえりなさい。キノコ、すごいですね」

「ええ。春先なのに、たくさん生えていたわ。でも、黄金キノコはなかったの」

やはり、伝説と言われるだけあって、ちょっとやそっとでは見つからないのだろう。

五分後、ランスも戻ってくる。

「クソ、出遅れた！」

「これ、一時間ぴったりに戻ってくる勝負ではないですからね」

ランスのカゴにも、キノコがぎっしり詰まっていた。赤、青、黄色と、色鮮やかなキノコばかりである。

「あの、ランス。これ、ほとんど毒キノコですよ」

「……手当たり次第、採ってきただけだ」

「見事なまでに、毒キノコだらけね」

「う、うるさい」

「あ、やだ。この毒キノコ、危険なヤツよ」

「なんだよ？」

ザラさんが慌てた様子で指差したのは、カサからジクまで真っ赤なキノコ。

「これは『炎上茸』と呼ばれる、稀少な毒キノコなの。触れただけで大火傷するわ」

ザラさんの故郷でも、十年に一度くらい発見されることがあったという。

「炎上茸が生える周囲は、雪も積もらないほどよ」

「ランス、手のひらを怪我しているのでは？」

「いや、大丈夫だ」

ランスは手袋を嵌めており、穴や黒く焼けた箇所はないように見える。手袋を外してみせても、火傷の跡は見当たらなかった。

「炎上茸に耐えうる手袋があるのね」

「大針ネズミの革で作った手袋だからな」

大針ネズミというのは、背中に鋭い針を生やした生き物だ。フォレ・エルフの森でも滅多に見かけることはないが、たまに目撃情報がある。

自分の針で傷つかないよう、皮膚が丈夫だったような。まさか捕まえて皮を剥ぎ、手袋を作っていたとは。

「とりあえず、ランスの毒キノコは危険なので、地面に埋めましょう」

「そうね。それがいいわ」

毒キノコを地面に埋めたあと、キノコスープを飲む。

「はあ、温まるわ。おいしい」

嬉しいことを言ってくれるザラさんに対し、ランスは「腹が減っていたから、うまく感じる」などと口にした。相変わらず、素直ではない。

スープを飲んだあとは、再び黄金キノコ探しに出かける。一時間後の休憩時間では、ふたりとも黄金キノコを手にしない状態で戻ってきた。

「つーか、本当に黄金キノコなんてあるのかよ」

「どうでしょうね」

ルードティンク隊長が又聞きした噂話なので、信憑性は低い。ザラさんは諦める様子は一切なく、黄金キノコ探しに出かけた。

アメリアがくわーっと欠伸をする。つられて、リーフも欠伸していた。私までも、ふわーっと欠伸をしてしまう。驚くほど、暇だった。

アルブムも森にでかけ、先ほどから木の実や薬草を持ち帰ってくる。

『黄金キノコハ、ナサソウダネエ』

「ですよね」

カードとか、遊戯盤とか、もっと簡単に勝敗がつくものにすればよかったと、後悔してしまった。

いや、賭けられるのは、私なのだけれど。

さらに一時間——ザラさんとランスは何も持っていない状態で戻ってきた。

「もう、暗くなりますね」

「帰ったほうがいいわ」

「だな」

すっかり、辺りは暗くなった。焚き火を消し、荷物をまとめる。

「メルちゃん、カゴを持ちましょうか？」

「ありがとうございます」

鍋をリーフの鞍に乗せ、固定させた。さあ帰ろうと一歩足を踏み出した瞬間、木の根っこに足を引っかけて転んでしまう。

「うぎゃっ!!」

「やだ、メルちゃん、大丈夫!?」

「うう……！」

ランスは「どんくさいな」と言って鼻先で笑ってくれる。膝を突いて手を貸してくれるザラさんは、なんて優しいのか。

「ザラさん。ありがとうございます」

「いえ……」

「ザラさん？」

ザラさんの様子がおかしい。私ではなく、私の背後の一点を見つめている。

何かと思って振り返ったら、黄金に輝くキノコがあったのだ。

「ザ、ザラさん、これ多分、黄金キノコですよ！」

「え、ええ、そうよね」

黄金キノコは、夜になったら金色に輝くキノコだったのだ。アルブムが近づき、確認する。

『ア、コレ、黄金キノコダヨー！』

アルブムが言うのならば、間違いないだろう。ザラさんは黄金キノコに手を伸ばし、そっと摘んだ。

地面から離されてなお、キラキラと輝いている。

「夜にならないと、見つからないキノコだったのね」

「みたいですね」

「メルちゃんに手を貸そうとしゃがみ込まなかったら、見つけられなかったわ」

ザラさんの優しさの勝利である。ランスは悔しそうに「クソ！」と悪態を吐いていた。

騎士隊に戻り、休憩室で待機していたルードティンク隊長に黄金キノコを見せた。

「うわっ、黄金に光ってやがる。黄金キノコって、本当にあったのかよ」

ルードティンク隊長も信じていないのに、私達に話をして探させたようだ。なんとまあ、酷い話である。

「見つけたのはどっちだ？」

「私よ」

「だったら、ザラの勝ちだな」

どうやら私は、フォレ・エルフの森に帰らなくてもいいらしい。ここでやっと、ホッと胸をなで下ろす。

「メルちゃん、この黄金キノコを、受け取ってくれるかしら？」

「もちろんです！」

ランスは何も言わず、私達をジッと見つめるばかりであった。

そんな彼に、ルードティンク隊長が注意してくれた。

「おい。約束通り、もうリスリスにちょっかいかけるなよ？」

「わかっているよ」

なんだか可哀想になったが、ここは厳しくしなくては。ここで優しく接したら、調子に乗ってしまうだろう。

ランスとは、ここでお別れだ。

「おい、メル」

「な、なんですか？」

「子どものころ俺が、何回かお前の家で食事をしたの、覚えているか？」

「え？　あ、はい」

「お前と話をするために来たのに、お前のかーちゃんが俺を家に上げてくれて」

「いつの間にか、食卓を一緒に囲んでいましたね」

父が「うちのメルの作るスープはおいしいから！」と、ランスに自慢していたのが恥ずかしかったので、よく覚えている。

「父が、親馬鹿なことを言っていて……」

「いや、本当にうまかった」

「え？」

「ずっと、伝えることが、できなかった」

おいしいスープを食べる表情はいっさい見せていなかったが、どうやらお口に合っていたらしい。

まったく、どうしてもっと早く、素直に言ってくれなかったのだろうか。

ランスがへそ曲がりでなかったら、私達の関係は今と大きく変わっていたことだろう。

「お前の作るキノコスープが、村で一番うまい。今日のスープも、改めてそう感じた。結婚したら、みんなに自慢しようと思っていたのに」

その言葉に、ザラさんが反応する。

「あら、メルちゃんのスープは、世界一おいしいのよ。あなたはきっと、視野が狭かったのね」

「ザラさん……！」

「お前の完敗だな」

ルードティンク隊長はランスの肩をポンと叩く。ランスは何も言わず、遠い目をしながら窓の外を眺めていた。

私を巡ってザラさんとランスが争うと聞いたときは、どうなるかと思っていた。けれど、大きな騒ぎを起こすことなく、無事に収まって本当によかった。

邪悪なるものと不思議な蜂蜜飴

Enoku Dai Ni Butai
No
Ensei Gohan

ランスと私の問題は解決した。もう、関わることはないだろう。

「それでは、解散で」

「いやいや、ちょっと待て！」

「なんですか？」

「いや……」

ランスはザラさんとルードティンク隊長を交互に見る。何か、他人の耳に入れたくない情報があるというのか。

「ランス、何か、話があるのですか？」

「ああ。そっちの金髪男女と、山賊騎士は引っ込んでくれないか？」

「誰が山賊騎士だよ」

「お前だよ」

「なんだと⁉」

ランス……怖いもの知らずな子。山賊だけでなく、お前呼ばわりまでするなんて。

出会った当初はルードティンク隊長を怖がっている様子を見せていたのに、もう慣れたのか。適応力がありすぎる。

「お前らが出て行かないなら、こっちが出て行く」

そう言って、ランスは私に手を伸ばしたが、ザラさんが払い除ける。

「ごめんなさい、あなたとメルちゃんをふたりきりにはできないわ」

「お前はメルの保護者か！」

「そうではないけれど、安心できないの」

本日何度目かもわからない、ザラさんとランスのバチバチが始まってしまう。止めてー、私のために喧嘩しないでーなんて、恥ずかしいことは二度も口にできないだろう。

「わかった。ザラは席を外させる。だが、俺はここに残る。それが、こっちができる最大の譲歩だ」

ランスは「チッ！」と舌打ちする。それは、了承の返事だったようだ。ザラさんだけ席を外した。

「ランス、話というのは、なんですか？」

「あー……」

チラリとルードティンク隊長のほうを見る。まだ、気にしているようだ。

「大丈夫ですよ。こう見えて、ルードティンク隊長は口が堅いので」

「おい、リスリス。お前にはどう見えているんだよ」

「す、すみません」

私の目からも山賊に見えていたとは、口が裂けても言えない。

「時間がもったいない。俺たちは暇じゃないんだよ。早く言え」

「わかったよ。メル、魔術医の先生が王都に来ている。話したいことがあるみたいだ」

「え、先生が、ですか？」

「ああ」

私の大きな魔力を封じた張本人が、ここに来ていると？

「そもそも、だ。先生が王都にいるお前に話をしに行きたいって言うから、同行を命じられたんだ」

「そうだったのですね。それで、先生は今どこに？」

問いかけると、ランスは明後日の方を向く。

「宿屋で落ち合うようにしているのですか？」

「いや……知らん」

「し、知らんって、どういうことですか⁉」

王都に入った途端、あまりの人の多さに離ればなれになってしまったのだとか。

「先生を捜していたら、お前を発見した。そして、今に至る」

「私に絡む前に、することがあるでしょう？」

「だって、ずっと腹が立っていたから」

思わず、頭を抱えてしまった。多くの人々が出入りする王都で、人捜しは困難に等しい。本当に、どうしてこうなってしまったのか。頭を抱え込んでしまう。

「ルードティンク隊長……あの、先生は、大変お世話になったお方でして……。あと、先生は世界的にも珍しい、ハイ・エルフなのです」

フォレ・エルフは森を生活の拠点とする、寿命が百年ほどの短命種のエルフである。一方、ハイ・エルフは絶滅したとも言われている、寿命が千年ほどの長命種だ。

「なるほど。エルフの中でも珍しいハイ・エルフか。もしかしたら、困った状況にあるかもしれんな」

「ええ」

「わかった。リスリス、お前はザラと一緒に、先生を捜せ。このエルフの若造は、預かっておくから」

「おい、なんでだよ！」

「土地勘のないお前が、先生を捜せるのか？」

「そ、それは……」

「安心しろ。このあと俺の家に連れて行ってやる」

「は？」

なんでもランスが王都に滞在する間、身柄を預かってくれるのだとか。

「ルードティンク隊長、いいのですか？」

「ああ。こいつを野放しにしていたら、騒ぎを起こしそうだからな」

「新婚生活の邪魔なのでは？」

「いや、むしろ都合がいい」

「また、メリーナさんと喧嘩でもしているのですか？」

「違う」

ルードティンク隊長は遠い目をしながら言った。

「メリーナの両親が来ているんだ。あと、一週間は滞在すると言っている。気まずいから、こいつを話のネタにさせるつもりだ」

「さ、さようで……」

メリーナさんのご両親は好奇心旺盛で、非常にお喋りらしい。話題についていけないので、ランスを生贄として差し出すようだ。

「リスリス、一刻も早く、先生とやらを捜し出したほうがいいだろう」

もしかしたら、拐かされたり、悪徳商人に騙されたりと、悪い想像は次々と浮かんだ。

早く、保護しなければならないだろう。街も、美貌のハイ・エルフの登場に、混乱している可能性もある。

「ザラを連れて、今すぐ出発しろ。命令だ」

「了解です」

一緒に立ち上がったランスは、ルードティンク隊長に首根っこを掴まれた。

「お、おい、何すんだよ！」

「お前はここで、お留守番だ。安心しろ。夜は俺の家に招待してやるから」

「は⁉　なんで山賊のアジトに行かなければいけないんだよ」

「誰が山賊だ！　自宅もアジトではない！」

「見た目に説得力がないんだよ！」

「なんだと⁉」

ルードティンク隊長がランスの相手をしている間、休憩室を飛び出す。廊下に出るとザラさんが壁に寄りかかり、眉間にしわを寄せ腕組みした姿でいた。私に気付くと、パッと笑みを浮かべる。

「ザラさん！　あの、突然ですが、人捜しをすることになって」

「メルちゃんの知り合い？」

「ええ。魔術医の先生でして」

「あら、そうなの」

「ルードティンク隊長から、ザラさんとふたりで捜すよう、命令があったのですが」

休憩室から、ルードティンク隊長の叫び声が聞こえる。

「ザラ、リスリスと一緒に、魔術医の先生を捜してこい！」

「わかったわ」

出発する前に、ザラさんがある提案をしてくれる。

「その、先生の特徴とか、見た目とかがわかる絵を、用意したほうがいいかもしれないわ」

「そうですね」

特徴を伝えるよりも、絵があったほうがわかりやすいだろう。

「でも私、絵は描けなくて」

「ガルは、いないものね」

現在、ガルさんは新婚旅行中である。第二部隊の中でもっとも絵が上手かったのだが……。

「――あ！」

「メルちゃん、どうかしたの？」

「執務室にある、エルフについて書かれた本に、先生に似た挿絵があった気がします」

「じゃあ、それを持って行きましょう」

執務室に駆け込み、エルフについて書かれた本を棚から引き抜く。

「こんな本があったのね」

「ルードティンク隊長が持ってきたのは、私が入隊する前だったそうです」

私の配属が決まったあと、「今度、新しくエルフがやってくる。皆、この本を読んで、エルフの生態を勉強しておくように」とルードティンク隊長が朝礼で紹介していたそうな。

私の入隊からしばらく経ってから、ウルガスが「こんな本があるんですよ～」と教えてくれた。

「なんでも、ルードティンク隊長のご実家にあった本みたいで」

「やだ、金の箔押しの表紙に、黒革の装丁、挿絵は銀のインクで刷られているわ。発行は百年前だし、貴重な本よ。きっと、喉から手が出るほど、欲しがってる人がいるような本よ」

「そ、そうなのですね」

そんな貴重な本が、執務室の本棚に雑に差し込まれていたのか。残念というか、なんというか。

「この本、フォレ・エルフではなく、ハイ・エルフについて書かれている本なんですよね」

「ハイ・エルフって、魔法に精通している、ご長寿のエルフ族だったかしら？」

「はい。魔術医の先生は、御年四百歳らしいです」

「信じられないくらい、生きているのね」

「ええ。先生は自らをお爺ちゃんと自称していますが、見た目はかなり若いですよ」

若者扱いすると怒り、お爺ちゃん先生と呼べと主張するときもあった。幼いころは先生がハイ・エルフと知らず、混乱したのを覚えている。

「でも、四百歳ならば、ハイ・エルフの中でもかなり若手よね？　どうしてお爺ちゃん扱いをするように言っていたのかしら？」

「お爺ちゃんと主張していたら、周囲の人達は無茶を言わなくなるからみたいです。村唯一のお医者様だったので」

一時期は、顔に皺を描きこんで、老け化粧も施していたくらいだ。いちいち化粧するのが面倒になったのか、ここ数年はしなくなっていたが。

「よく、先生のところにお手伝いに行っていたんです。面倒くさがり屋で、村人から貰った食材を腐らせることもあるくらいだったので」

食べきれない食材と引き換えに、洗濯をしたり、掃除をしたり、食事を作ったりしていた。なんだか懐かしくなる。

今は数名の弟子を迎え、悠々自適な老後を楽しんでいるらしい。王都にやってこれたのも、弟子がある程度育ったからなのだろう。

「なるほど。なかなか、個性的なお方みたいね」

「ええ。人々の印象にある、エルフそのものといった感じです」

「元祖エルフ、みたいな感じ?」

「ええ」

「フォレ・エルフとハイ・エルフは、一緒の村に住んでいるの?」

「村のハイ・エルフは、先生だけです」

言われてみれば、なぜ先生だけがフォレ・エルフの村に住んでいるのか、気にしたことがなかった。何か、理由があるのだろうが。

パラパラとページを捲っていくと、銀色のインクで印刷された美しいエルフの挿絵を発見する。

「あ、これです。先生は、このエルフにそっくりなんです」

輝く絹のような長い銀髪に、切れ長の瞳、スッと通った鼻筋に、形のいい唇。

見た目の年齢は二十代半ばくらいか。中性的な美しさだが、先生は男性である。

フォレ・エルフも容姿が整っている者が多い。だが、ハイ・エルフのキラキラした美貌には敵わないだろう。近づきがたい、神がかった美貌を持っているのだ。

「街中にいたら、目立ちそうね」

「ええ。この挿絵を手がかりに、捜せるかと」

「行きましょう」

「はい！」

ようやく、出発となる。廊下に出たら、ランスとルードティンク隊長の叫び声が聞こえた。

「イタタタタ、痛っ！　クソ、このっ、なんだ、この山賊力は！」

「山賊力ってなんだよ！　いいから、大人しくしていろ！」

ランスを取り押さえるのに、ひと苦労しているようだ。今のうちに、行くしかない。

第二部隊の騎士舎を駆け抜け、敷地内は小走りで移動し、街に飛び出す。

「先生は、いったいどこに――」

「そこにいるのは、メルではないですかっ！」

聞き覚えのある声で、名前を呼ばれる。振り返った先にいたのは、〝ようこそ王都へ！〟と刺繍されたお土産用の三角旗を持った、全身を覆う外套を着ている美貌のエルフ。手には、魔法使いの証である、身の丈ほどもある長い杖を携えていた。

「せ、先生⁉」

魔術医の先生が、王都観光を堪能している姿で立っていた。

「メルちゃん、あの人が、その、ハイ・エルフの先生？」

「え、ええ」

頭巾でエルフの耳が隠れているが、間違えるはずがない。まさか、こんなに早く会えるなんて。

「あの、先生、お、お久しぶり、です」

「久しいと言っても、二年も経っていないでしょう?」

御年四百歳の先生にとって、二年も経たない日々は〝つい先日〟なのだろう。

「いやはや、ランスの魔力を追ってやってきたのですが、そこの騎士隊の中に続いてしまって。困っていたところでした」

「それはそれは……ランスがすみませんでした」

果敢にも、中に入ろうと挑戦したものの、関係者以外は立ち入り禁止だと言われてしまったらしい。

「メルの魔力も感じたものだから、無事に会えたのかと、安堵しているところでした」

「そ、そうでしたか」

ここにいたら会えるだろう。そう思って、待機していたのだとか。

「なんと言いますか、ランスのことを含めて、ご迷惑をおかけしました」

「いいえ、どうかお気になさらず。このような賑やかな場所は初めてだったので、なかなか興味深かったです」

気を悪くしていなかったようなので、ホッと安堵した。

「あの、私に、話があるとかで」

「ああ、そうでした。ここでは話せないので、どこか落ち着いた場所があればいいのですが」

ザラさんが、提案してくれる。

「だったら、私が以前勤めていた食堂の、個室に行きましょう。ちょうど、夕食時だし」

ここでようやく、先生はザラさんに気付いたようだ。紹介しておく。

「あの、彼は、ザラ・アートさんです。私の魔力について、知っています」

「なるほど、わかりました。でしたら、その食堂とやらに行って、話をさせていただけますか?」

「はい」

中央街にある食堂へ移動し、個室へ通してもらう。まずは、食事の注文をしなくてはならない。

「先生、何か食べたいものはありますか?」

「そうですね。肉料理を、胃が欲しているような気がします」

「ここはお肉のパイが絶品なんです」

「ならば、それで」

私は焼き魚定食、ザラさんは野菜麺を注文した。十分ほどで、料理が運ばれてくる。

「へえ、これが、王都の料理ですか」

先生を見た給仕係の女性は、顔を真っ赤にしながら料理の説明をしていた。

「では、ごゆっくりどうぞ」

給仕係の女性が会釈していなくなると、ようやく先生は頭巾を外す。

「ふう。やっと、落ち着けますね」

ハイ・エルフの耳は、ナイフのように尖っている。丸みを帯びているフォレ・エルフの耳よりも長い。

ザラさんは初めて目の当たりにしたハイ・エルフに、言葉を失っているようだった。改めてみると、ハイ・エルフとフォレ・エルフはまったく異なる生き物なんだな、というのがありありとわかってしまう。

「では、いただきましょうか」

「はい」

先生はまるごとのパイを、ひとりで攻略するようだ。食が細そうな儚い雰囲気があるものの、なかなかの健啖家なのである。

先生は口の中に入るとは思えない大きさにパイを切り分け、パクリと食べた。

「肉汁が……すさまじい。生地もほどよくサクサクで、おいしいですね」

お口に合ったようで、ホッとする。私も、焼き魚定食を攻略することにした。

パリッと焼けた魚の皮にナイフを入れる。すると、脂がじゅわっと溢れてきた。ふっくら焼かれた身を食べる。噛めば噛むほど、旨みがじゅわーっと溢れてきた。

ここの料理は、本当に外れがない。じっくり堪能させてもらった。

食後の紅茶を囲みながら、先生は本題へと移ってくれた。

「すみません。話をするのでしたね。空腹だったので、ついつい黙って食べ進めてしまいました」

「いえいえ」

そういえば、ランスはルードティンク隊長から食事を与えられただろうか。なんだか、今もなおふたりでギャアギャア言い合いをしている場面しか想像できないが。

「まず、確認させていただきます。ザラ・アート殿は、メルと生涯共にするつもりで、いろいろ話を聞いていたのでしょうか？」

ぎょっとする問いかけだったが、ザラさんはすぐに「はい」と答えてくれた。今度は、私を見て問いかける。

「メル、気持ちは、一方的ではないですね？」

「はい。私も、そのつもりです」

「わかりました。でしたら、ふたりに語って聞かせましょう。フォレ・エルフの歴史を」

私の魔力についての話と思いきや、なんだか壮大な話のようだ。背筋をピンと伸ばし、話を聞く。

ことの始まりは、結婚を反対された年若いフォレ・エルフの青年の暴走だったらしい。

決まった結婚相手がいたにもかかわらず、他の女性を愛してしまったと。もちろん、周囲は大反対だった。

ここでは生きてはいけない。そう判断し、村から逃げ出す計画を立てたが――。

「駆け落ちは失敗し、密会しようものなら、罰として物置に一週間も閉じ込められる。それほど、厳しい家庭環境だったようです」

好きな女性と一緒になるには、邪魔をする家族を手にかけるしかない。そこまで追い詰められた青年は、ある日邪龍を召喚しようと目論んだようだ。

邪龍というのは、幻獣の竜がなんらかの理由で魔物化し、人の血肉を啜って生きるようになったおぞましい存在である。

「青年は邪龍の召喚に成功しました。しかし、制御に失敗し、その身を食い尽くされてしまう」

そういえば、魔法研究局の局長ヴァリオ・レフラも言っていた。魔物は、使役できる存在ではないと。その事実を、青年は知らなかったのだろう。

「邪龍は暴走し、フォレ・エルフを喰らい、美しい森も焼き尽くそうとしていた。そんな折に、私は不幸にもフォレ・エルフの森の近くを通りかかってしまったのです」

当時の先生は、世界を自由に旅する気ままな冒険者だったらしい。それなのに、壊滅状態だったフォレ・エルフの森から逃げてきた村人に、助けてくれと訴えられたのだとか。

「そのとき、私はフォレ・エルフにふたつの道を示しました。ひとつ目は、このまま滅びを待つこと。ふたつ目は、邪龍を封じ、五十年に一度、魔力が高いフォレ・エルフを生贄として捧げ続けること。フォレ・エルフは、ふたつ目の提案を選びました」

ドクンと胸が跳ねる。

今まで、邪龍のために生贄になったフォレ・エルフが、いるということだ。まさか、そんな血にまみれた歴史があったなんて……。

その後、先生は邪龍を封じ、村の復興を手助けした。そして、村が美しい森の姿を取り戻したあとも、邪龍の番人として残ることを決意したようだ。

「私はフォレ・エルフらに命じました。いつでも魔力が高い子どもが生まれるよう、魔力が高い子同士を結婚させ、いつでも生贄を差し出せるようにしておけ、と」

以降、フォレ・エルフの村では、生まれたときに婚約者を決めるようになったようだ。

ここで、話は現代へと戻る。

十九年前、フォレ・エルフとして生を受けた私は、魔術医の先生から魔力を封じられた。

「もしかして、私は——？」

「邪龍の生贄にできる、魔力が高い子どもでした」

特大の衝撃に襲われる。邪龍の生贄にできそうなほど、多くの魔力を持っていたとは。

「な、なぜ、私の魔力を封じたのですか？　邪龍に、生贄を捧げないと、いけないのですよね？」

「私の良心が、今になって痛んだのです。何度も何度も、フォレ・エルフを生贄として捧げてきたにもかかわらず」

先生の良心のおかげで、私は今、生きている。

これまで魔力がないことを、仲間達から散々からかわれてきたが、それは私を守るものだったのだ。

「で、でも、大丈夫なんですか？　生贄を、邪龍に捧げなくて」

「大丈夫ではないですね。私とて、なんの責任もなく、メルの魔力を封じたわけではありませんから」

「何か、解決法を見つけたのですか？」

「ええ」

「それは？」

「私自身の命を、邪龍封印の要とすることです」

「なっ！」

「この、ハイ・エルフである私の命を生贄として捧げたら、邪龍の封印は永遠のものとなるでしょう。二度と、復活することはないかと」

「そ、そんなっ!!」

もうすぐ、邪龍が生贄を欲するときが巡ってくるらしい。

「ちょうど、一ヶ月半後くらいでしょうか。月日が巡るのは、本当にあっという間です。ちょっと前まで小さかったメルも、こんなに大きくなって。成長した姿を見ることができて、嬉しく思います」

「せ、先生……！」

まさか、私の命に代わって、先生の命を捧げなければいけないなんて。瞼がカッと熱くなり、涙が溢れてくる。

「このまま誰にも言わずに、静かに朽ちるつもりだったのですが……」

「な、なんで、私に話す気になったのですか？」

大きすぎる魔力があるがゆえに、暴走させないよう封じていた。その話を、私はずっと信じていたのだ。

「話そうと思ったのは、先月メルから届いた手紙がきっかけです」

「私の、手紙、ですか？」

月に一度、先生に手紙を送っていた。最初こそ、魔力についての相談や、報告が中心だった。しかし、最近は魔力に関する話題がなかったため、近況を報告するだけのものとなっていたのだが。

「何か特別なことを、書いていました？」

「ええ、書いていました」

考えてみたが、思い出せない。秋に採って乾燥させていたキノコがおいしかったとか、暖かくなって庭にお花が咲いたとか、そういう内容しか報告していなかったはずだが。

「あなたは、特別なことを、書いていたでしょう？」

「すみません、思い出せません」

先生は腕を組み、呆れたように言った。

「残念ですね。私にとって、とんでもなく希望に満ちた手紙だったのに」

「き、希望、ですか？」

「はい」

私の生活感溢れる手紙のどこに、希望があったのか。先に、ザラさんがハッとなる。

「メルちゃん！　邪龍殺しよ！」

「じ、邪龍、殺し、ですか？」

「ええ！　邪龍殺しが、家にいるじゃない！　アイスコレッタ卿！」

「あ……ああ!!」

邪龍殺しと呼ばれる大英雄が、我が家にいた！　最近は私のお母さんをしていたり、シャルロットのお爺ちゃんをしていたりしたので、すっかり忘れていたが。

アイスコレッタ卿は正真正銘、邪龍に対抗できる戦闘能力を持つ大英雄なのだ。

「驚きました。メルの家に、邪龍殺しの異名を持つ大英雄がいると書いてあって」

「いろいろ偶然が重なって、その、一緒に住むことになったのですが」

先生が王都にやってきた理由は、アイスコレッタ卿に邪龍の討伐を依頼するためだったようだ。

「まだ、家に邪龍殺しの大英雄はいるのですよね？」

「はい。今日は――」

「今日は？」

……言えない。庭の雑草取りをしたあと、お菓子を作って私達の帰りを待っているなど。

「今から、訪問しても構わないでしょうか？」

「はい。郊外に住んでいるので、馬車を借りる必要がありますが」

「必要ありません。メルの中にある記憶から、座標設定できますので」

「ざ、座標設定、ですか？」

「転移魔法を使います」

アイスコレッタ卿は以前、一度行った場所にしか転移魔法は使えないと言っていた。しかし、四百年も生きるハイ・エルフである先生は、異なる条件で魔法を使用できるのだろう。さすがだ。

壁に立てかけてあった杖を手にしたので、「ちょっとお待ちを!!」と制止する。

「なんですか？　家に、見られてはいけない物でもあるので？」

「思春期の男子じゃないので、それはないです。食事のお代を支払ってからにしませんと」

「ああ、そうでしたね。これで足りますか？」

先生が懐から取り出したのは、拳大の金塊だった。

「なっ、これ、どこで⁉」

「いつか覚えていないのですが、旅する中で怪我した男を回復魔法で治して、礼としてもらったものです」

「ひえええええ」

金に詳しくないので、どれくらい価値がある品かはわからない。しかし、これが食事代として釣り合わない物であることだけはわかる。

「あの、ここは私が出しておきますので。その金塊はしまってください。人前に出していい品ではないです」

「おや、そうでしたか」

私も王都にきたときは世間知らずだったが、世界を旅していたはずの先生も飛び抜けた世間知らずだろう。

支払いを終え、食堂の裏手で転移魔法を展開してもらう。

記憶を探ってと言っていたのでビクビクしていたが、別に何かを感じることもなく、一瞬で我が家に到着した。

庭に着地したが――ちょうど雑草取りをしていたアイスコレッタ卿がいた。

フリフリエプロンをかけた姿で、私達を見ている。

「今日は、早い、帰りなのだな?」

「ええ、まあ」

「あなたが、邪龍殺しの異名を持つ、アイスコレッタ卿でしょうか?」

「然り」

現代を生きる伝説の大英雄と、四百年生きるハイ・エルフである先生が邂逅する。

なんだか、物語の中にいるような、雰囲気だった。ふたりとも、存在が異次元なのだ。

じーっと見つめ合うだけの状態に気付き、ハッとなる。紹介をしなければいけないだろう。

「アイスコレッタ卿、彼はフォレ・エルフの村に住むハイ・エルフで、魔術医の先生なんです」

「魔術医、だと?」

「はい」

現代では失われた魔法で医療を施す存在——魔術医。

おそらく、先生が世界で唯一の魔術医なのかもしれない。

「私は、シエル・アイスコレッタだ。今は、家事手伝いをしておる」

家事手伝いが職業の大英雄なんて、アイスコレッタ卿くらいだろう。

先生とアイスコレッタ卿は、握手を交わしていた。

「あの、今日は先生がアイスコレッタ卿に話があるとのことで、面会にやってきたのですが」

「そうか。今日はクッキーを焼いた。それを囲んで、話を聞こうぞ」

アイスコレッタ卿はなんとなく、ソワソワしている。一生懸命作ったクッキーを、誰かに食べさせたかったのかもしれない。

先生を家の中へと案内し、アイスコレッタ卿特製のクッキーと紅茶を囲んで、話をすることとなった。

「――というわけで、邪龍の討伐をしてほしいのですが」

「あいわかった」

話は五分とかからずに終わった。あっさりと、アイスコレッタ卿は邪龍討伐を引き受けてくれる。

「話し疲れただろう。このクッキーを、食べるとよい」

「いただきましょう」

先ほどまで張り詰めていた空気だったのに、一気に和んでしまう。先生はアイスコレッタ卿特製のクッキーを頬張り、おいしいと大絶賛していた。私も一枚食べてみる。

「あ、おいしい！」

「そうだろう、そうだろう！」

先日ザラさんに作り方を習い、こっそり練習していたらしい。今日完成したのは、今までの中でもっとも上手に焼けたのだとか。

「偶然客人がきて、このクッキーをふるまうことができ、今、達成感に満ちあふれておる！」

客人がもってきたのは、邪龍討伐についてだったが、アイスコレッタ卿にとっては別に招かれざる客ではなかったのだろう。さすが大英雄だ、普通の人とは器が違う。

「して、ハイ・エルフの賢者よ。邪龍討伐はいつ向かう？」

「そうですね。なるべく早いほうがいいのですが――。メルも同行しますか？」

「わ、私ですか⁉」

私みたいなちんちくりんのフォレ・エルフが付いていっても、足手まといになるのではないか。不安な気持ちが募っていく。

「邪龍にパクリと丸呑みされないですよね？」

「メル、大丈夫ですよ。邪龍の食道は細い。それゆえに、人を丸呑みできない。きちんと咀嚼して——」

「先生！　それ、ぜんぜん大丈夫な情報じゃないですっ!!」

「丸呑みされて、胃の中でどんどん溶かされるよりも、ひと思いにバリバリ喰われたほうが、マシだと思いませんか？」

「思いません!!」

そうだった。ハイ・エルフである先生の感性は、凡人の私とはかけ離れている。喩え話もまったく共感できなかったことが、今までにも何回かあった。頭を抱え込んでしまう。

絶望する私を、アイスコレッタ卿が励ましてくれた。

「メル嬢、安心するとよい。私が行くからには、丸呑みなんぞさせない」

「アイスコレッタ卿……！」

大変素敵な発言だが、フリフリエプロン姿なのでかっこよさが半減である。なんとも残念な大英雄だった。

「メル嬢が行くのならば、第二遠征部隊にも、同行してもらったほうがよいだろう」

「ですかね」

まずは、ルードティンク隊長に事情を説明しなければならない。

「えーっと、どうしましょう？　明日にしますか？」

「いいや、早いほうがよいだろう。ハイ・エルフの大賢者はどう思う？」

「同感です」

そんなわけで、転移魔法で第二遠征部隊の騎士舎へと戻った。

突然、フリフリエプロンを纏った全身鎧姿のアイスコレッタ卿が現れたので、ランスは驚いて椅子から転げ落ちていた。

「な、なんだよ、そいつ！　化け物か！」

フリフリエプロン姿の全身鎧の化け物。確かに、恐ろしい。そんな話はさておいて。

「ルードティンク隊長、先生を発見しました。こちらが、私が大変お世話になった魔術医の先生です」

ルードティンク隊長は貴族らしく、丁寧な挨拶を見せてくれた。こうしていると、本当の貴族のようだった。いや、本物の貴族なんだけれど。

「それと、先生とアイスコレッタ卿から、お話があるようで」

「わかった」

重要な話なので、ベルリー副隊長にも同席してもらった。皆、長椅子に座り、先生の話に耳を傾ける。

「――というわけで、邪龍討伐を大英雄殿に頼みました。可能であれば、騎士隊にも同行してほしいのですが」

これは、フォレ・エルフの問題だ。他国の大英雄であるアイスコレッタ卿ひとりに任せるわけにはいかない。私が行くのであれば、第二遠征部隊も同行したほうがいい。これが、アイスコレッタ卿の要望であった。

もちろん、無理にとは言わないという。邪龍との戦いは、大変危険なものだから。

「リスリス。お前は、どう思っている」

もしも先生が魔力を封じなかったら、生贄になっていたのは私だ。邪龍側からしたら、勝手に召喚され、対価も十分に用意されず、封じられてしまった。気の毒どころの話ではない。

「フォレ・エルフの青年の自分勝手から生じたものですので、私は……邪龍の行く末を、見届けたいと思います」

フォレ・エルフを代表して、というのはおかしな話かもしれないが、他にしたい人もいないだろう。

責任を持って、フォレ・エルフの勝手な所業の結末を、この目で見て、伝えなければならない。

「見届けたい、か。わかった」

この件は、ルードティンク隊長が騎士隊の上層部に相談したのちに、結果を報告するようだ。今日のところは、解散となる。

ランスはルードティンク隊長が連れて帰るようだ。嫌がっていたが、首根っこを掴まれて引きずられていく。

「クソ！　山賊のアジトなんかに、行くかよ！」

「だから、山賊でもアジトでもないって、言っているだろうが！」

「証拠はどこだよ！　証拠は！」

「山賊ではないことに関する証拠なんて、あるわけないだろうが！」

ふたりのやりとりに、思わず笑ってしまった。

先生は私達の家に滞在してもらう。シャルロットにも確認したのだが、あっさり「いいよー」と言ってくれた。

騎士舎から家までの転移魔法は、大規模な魔法陣が展開された。私やザラさん、アイスコレッタ卿だけでなく、シャルロットやウマタロ、アメリアにリーフと、大所帯だからだろう。

先生は全員まとめて、転移してくれた。あっという間に景色が自宅へと変わる。

「先生、我が家へようこそ！　実はこの家、私達の持ち家なんです」

「それは素晴らしい」

先生は魔法で光球を作り出し、家を照らす。

「蜂蜜(ミエレ)色のレンガの家、ですか。素敵ですね」

「ありがとうございます」

家の中を案内する。シャルロットが客間を整えてくれるようだ。

「先生は、お風呂をどうぞ」

「大英雄殿より先に入ってもいいのですか？」

「私は最後で構わんぞ」

「とのことです」

「そうですか。では、お言葉に甘えましょうか」

水の魔石と火の魔石を合わせて使ったら、お風呂の湯はあっという間に沸く。

今日は疲労回復の薬草を、浮かべておいた。薬草湯に浸かったら、旅の疲れも取れるだろう。

「先生、今から夕食を作りますが、食べますか？」

とは言っても、さっき食堂で食べてきたばかりだ。先生は大食らいなので、一応聞いてみる。

「そうですね。メルの料理を、久しぶりに食べたい気もします」

「でしたら、先生の分も用意しますね」

台所に立ち、エプロンをかけて腕まくりをする。自然と、アルブムも調理台に飛び乗った。

『アルブムチャンモ、作ルー！』

「アルブム……また、私の鞄の中に入っていたのですか？」

『マアネ！　ナンカ、オイシイモノヲ、食ベラレルト思ッテ！』

「本当に、物好きですね」

契約主であるリヒテンベルガー侯爵の家に行くほうが、ごちそうにありつけるのに。私の手料理を好んでいるようだ。

深皿に水を張り、手を洗うようアルブムへ差し出した。手を洗っていたら、ザラさんがひょっこり現れて、声をかけてくれた。

「メルちゃん、お手伝いしましょうか？」

「ザラさん。ありがとうございます。お願いします」

調理台に、食材を並べていく。

「メルちゃん、今日は何を作るの？」

「猪豚（スース）と三角牛（カローヴァ）の合い挽き肉を使ったハンバーグを、と思っていたのですが」

先生のために、何か特別な一品にしたい。何かあるだろうかと腕を組んで考えていたら、アルブムが提案する。

『黄金キノコノ、ソースヲ、カケルノハドウ？』

「あ、黄金キノコ！」

ザラさんが発見してくれた勝利の食材、黄金キノコ。たった一本しかないので、どうやって調理しようか迷っていたのだ。

「あの、ザラさん。この黄金キノコ、ソースに使ってもいいですか？」

「ええ、もちろんよ」

「ありがとうございます！」

黄金キノコを使ったら、きっと極上のソースに仕上がるだろう。

「では、始めますか」

「ええ」

『ハーイ』

まず、みじん切りにした玉葱(ルーク)を炒める。普通の油ではなく、三角牛の牛脂で炒めるところがポイントだ。

鍋に牛脂を入れ、火にかける。脂が溶けたら玉葱を入れて、しっかり火を通す。玉葱が飴色になったら、火が通った証拠だ。炒め終わったあとは、お皿に広げて冷ましておく。

次に、ボウルの中にパン粉と牛乳を入れて浸しておく。これはあとで使うので、しばらく放置。

続いて、合い挽き肉を用意する。ハンバーグ用に配合してもらった、三角牛肉が六、猪豚肉が四の割合で作ったものである。

「アルブム、お肉に塩を振ってください」

『了解デース』

合い挽き肉に塩を振りかけ、ヘラで切るように混ぜる。

ひき肉に粘り気がでてきたら、炒めた玉葱と牛乳に浸したパン粉、卵を割って入れて、最後に香辛料と塩コショウで味付けをする。

これらの作業は、おいしいハンバーグを食べるために重要なのだ。塩はひき肉に粘り気を出し、肉汁を閉じ込める。卵やパン粉も同様の働きをしてくれるのだ。

ここからが勝負である。しっかり、生地をこねるのだが、時間をかけすぎるのは禁物。

まず、手を水に浸けて、冷やしてからこねるのだ。温かい手で混ぜると、肉汁を中に封じ込めることができなくなる。

ザラさんとふたり、冷たくなった手で生地を混ぜた。きれいに混ざったら、楕円形に成形する。仕上げに手のひらに生地を打ち付け、空気を抜くのだ。これをしないと、焼いている時に形が崩壊してしまう。

成形が終わったハンバーグの生地は、しばし保冷庫の中で冷やしておく。もちろん、肉汁を逃さないための対策だ。

「続いては、黄金キノコを使ったソース作りですね」

「ええ」

本日のソースは、赤ワインを使った、豪勢なソースである。

まず、黄金キノコを鞄から取り出した。

「あ、まだ光っています」

「きれいよね」

「ええ」

なんだか刃を入れるのがもったいない気がする。だが、これは観賞用でなく、食材だ。使わなければ。

「で、では」

黄金キノコを切ったが、光り輝いたままだ。もしかしたら、夜の間はずっと光っているのかもしれない。

刻んだ玉葱（ルーク）と薄切りにした黄金キノコを炒め、さまざまなソースと香辛料を加え、最後に赤ワインを入れて煮込む。

ぐつぐつと煮詰めたら、黄金キノコの特製ソースの完成だ。

「す、すごい。ソースが、光り輝いています」

「神々しいソースね」

『オイシソー』

神々しいソースが完成したら、ハンバーグを焼く。ここでも、肉汁を逃がさないように注意が必要だ。

油を敷いて、中火で温める。ハンバーグの生地は火が通りやすいように、真ん中を窪ませておくのも忘れずに。ドキドキしながら、ハンバーグの生地を熱した鍋に置いた。じゅわっと、焼ける音がする。油が飛んできて怖かったけれど、ひと時も離れることはできない。

ひっくり返したあと水を入れて蓋をし、蒸し焼きにする。

お肉が焼けるおいしそうな匂いが漂っていた。

最後に串を刺して、透明な肉汁が浮かんできたら完成である。

蓋を開き、ハンバーグの生地に串を刺す。すると、じわりと透明な肉汁が溢れてきた。

「問題ないようね」

「ええ」

お皿に盛り付け、ソースをたっぷりかける。『とっておきハンバーグの、黄金キノコソース』の完成だ。

夕食を食べていないアイスコレッタ卿とシャルロット、アルブム、それから大食いである先生の分は大きなハンバーグ。私とザラさんは小ぶりのハンバーグを盛り付けた。

「メルちゃん、いい感じにできたわね！」

「そうですね。手伝ってくれたザラさんと、アルブムのおかげです」

ザラさんは微笑み、アルブムはどうだとばかりに胸を張っていた。

食卓にハンバーグとパンを並べていると、ちょうどいいタイミングで先生がお風呂から出てくる。

「メル、いい風呂でした」

「それはよかったです」

他の皆も呼んで、食事の時間とする。

シャルロットはハンバーグを見た瞬間、目をキラキラ輝かせる。

「いい匂いがする～、おいしそう！」

「お代わりもあるので、たくさん食べてくださいね！」

「わーい！」

手と手を合わせて、いただきます。

ナイフを刺したら、肉汁がじゅわっと溢れてきた。思わず、生唾をごくんと飲み込む。夕食を食べてきたのに、私のお腹は早くもハンバーグを欲していた。

早く食べたいけれど、冷まさないと絶対に舌を火傷してしまう。黄金キノコを使ったソースをたっぷり絡めて、フーフー息を吹きかけて冷ましてから口に運んだ。

「んんっ！」

口に含んだ瞬間、肉汁が溢れてくる。噛むと、旨みが弾けた。肉汁を逃がさないように、気を付けただけある。

ソースはキノコの旨みが溶け込んでいて、濃厚で深い味わいがある。ハンバーグのおいしさを、これでもかと引き立ててくれた。

シャルロットは、尻尾をぶんぶん振りながらハンバーグを頬張っている。

「メル、これ、最高においしい！　シャル、幸せ〜！」

シャルロットが幸せになると、私も嬉しい。手間暇かけて作った甲斐があるというもの。アイスコレッタ卿も胃の口元だけを開き、口ひげにソースを付けながらはふはふとハンバーグを食べていた。

「なんだ、このソースは⁉　芳醇な香り、深い味わい、肉汁と合わさって完成する、このソースは⁉」

「黄金キノコが入っているんです」

「なんと‼」

今までおいしい料理を食べてきたアイスコレッタ卿でも、黄金キノコは食べたことがなかったらしい。さすが、伝説になるだけのキノコである。

「先生、いかがですか？」

「おいしいです。なんというか、母親の味というのは、こういうものなのかと、ふと思いました」

「先生のお母さんを、思い出してしまったのですか？」

「いいえ、母の記憶は、ほとんどありません。世間で言うところの母親の味というのは、こういうものなのかと、勝手に感じただけで」

なぜ、私の料理から母親の味を感じ取ってしまったのか。まあ、あまり突っ込まないほうがいいだろう。

先生の感性は、独特なのだ。

アルブムはすでに完食していて、ぷっくり膨らんだお腹を上に寝転がっていた。口の周りは、ソースが付いたままである。仕方がないので、濡れた布巾で拭いてあげた。

夕食の時間は、楽しく過ぎていく。

翌日――ルードティンク隊長より報告があった。私達第二部隊に、邪龍討伐の同行をするように、と。

「邪龍に関する記録がほしいらしい」

というのも、歴史上で、邪龍に関する資料はないに等しかった。おとぎ話に登場するような、邪悪な存在として書かれることも多かったが、ほとんどは創作である。

「歴史書では、魔王の正体として書かれているが、詳細は謎に包まれている」

大変危険な任務となるだろう。

「時期はガルが戻ってきてから、一週間後と決まった。また、幻獣保護局のリヒテンベルガー局長も同行するらしい」

「お父様が⁉」

リヒテンベルガー侯爵の同行は、娘であるリーゼロッテは知らなかったようだ。なんでも、今日の朝に決定したらしい。

「リーゼロッテ、邪龍って、幻獣なんですか?」

「いいえ、魔物よ。幻獣は、血肉を求めて人を食べないもの」

「ですよね」

幻獣であるはずの竜がなぜ邪龍となったのか、調べるために同行するようだ。

「そんなわけで、心して準備しておくように」

フォレ・エルフの森まで、先生が転移魔法で連れて行ってくれるという。そのため、移動は一瞬で済む。

思いがけず、里帰りの機会ができてしまった。邪龍討伐の件と相まって、ドキドキしていた。当日まで、遠征用の保存食を作らなければ。

「そういえば、ルードティンク隊長、ランスはどうなったのですか？」

「連れて帰ったぞ。最後まで、嫌がっていたがな」

ランスはルードティンク隊長を本物の山賊だと思い込み、アジトに連れ込まれると思っていたようだ。

しかし、メリーナさんとそのご両親に歓迎され、可愛がられているらしい。

……いや、可愛がるような性格でも、年頃でもないのだが。

「今日は、メリーナと義父と義母は王都を案内してやるって、張り切っていた」

「案外、上手くやっているのですね」

「ああ」

ランスの面倒を見てくれる人がいて、ホッとする。一方で、先生はアイスコレッタ卿とお留守番だ。

いったい、何をしているのやら。アイスコレッタ卿がいるので、大変な事態にはならないだろうけれど。

「よし、解散！」

今日こそ、保存食の材料を買いに行こう。昨日、ランスに邪魔されてしまったし。

事件に巻き込まれるのはイヤなので、ウルガスに付き合ってもらった。

買い物に行き、保存食を作り、倉庫の整理をしていたら、一日はあっという間に終わる。

＊

ついに今日、ガルさんが新婚旅行から戻って出勤してくる。一週間だけだったのに、もうずっと会っていないような気がするので不思議だ。

ガルさんはたくさんのお土産を持って、帰ってきた。

「ガルさん、スラちゃん、おかえりなさい！」

スラちゃんは小麦色になり、ガルさんは日焼けしたのか、毛色が濃くなっていた。毎日潮風に当たっていたため、毛並みがバサバサになってしまったらしい。

毎日観光して、海で泳いで、おいしいものを食べてと、楽しい新婚旅行だったようだ。

まず、ルードティンク隊長にお土産を手渡す。

「ん、何を買ってきたんだ？」

ルードティンク隊長は、早速渡された細長い包みを開いた。

「おっ、酒じゃないか！　ガル、わかっているな！」

地域限定の赤ワインを買ってきてくれたようだ。さすが、ガルさん。ルードティンク隊長が喜ぶものをわかっている。

続いて、ベルリー副隊長にもお土産を渡した。小さな箱に入っている。

「何を買ってきてくれたのだろうか？」

丁寧に包まれた紙を解くと、精緻(せいち)な花模様の木箱が見えてくる。蓋を開くと、真珠の耳飾りが入っていた。

「きれいだ」

「本当に、きれいですね。ベルリー副隊長に似合いそうです」

ベルリー副隊長は頬を染め、恥ずかしそうにしていた。

「ガル、ありがとう」

ガルさんの妻である、フレデリカさんが選んだらしい。さすがである。

続いて、ザラさんにもお土産を渡していた。

「あら、私にもあるの？」

ベルリー副隊長の木箱より一回り大きな包みを開く。

「まあ、美容液じゃない！」

美容に力を注いでいるザラさんにぴったりの一品である。ザラさんは笑顔でガルさんにお礼を言っていた。

ガルさんはウルガスに、大きな包みを手渡していた。

「わー、俺の分まで！　ありがとうございます」

ウルガスはドキドキしているような表情で、包みを開封する。

「わっ、こ、これは⁉」

大きな缶に入った、名物のクッキーの詰め合わせである。ウルガスは大事そうに缶を抱きしめ、ガルさんに「嬉しいです」と感謝の気持ちを伝えていた。

スラちゃんが、私とリーゼロッテに同じ包みを差し出してくれる。受け取ったあと、どうだとばかりにどーんと胸を張っていた。

「もしかしてこれ、スラちゃんが選んでくれたのですか？」

スラちゃんは大きな丸を作る。いったい、私とリーゼロッテに何を買ってくれたのだろうか。

包みを開けてみたら――貝殻のコンパクトが入っていた。開いてみると、中は口紅だった。

「わー、可愛い」

「本当、可愛いわ」

私は薄紅色、リーゼロッテは赤の口紅である。お土産で、女性に大人気だったらしい。

「スラちゃん、ガルさん、ありがとうございます」

「嬉しいわ。大切にするから」

シャルロットのお土産は、フレデリカさんが選んだようだ。

「え、シャルにも、あるの？」

シャルロットの耳がピンと立ち、尻尾がゆらゆら揺れている。嬉しい気持ちと期待感が、これでもかと伝わってきた。

包みの中に入っていたのは、貝殻の髪飾りだった。

「わ、わー！　か、かわいー！　これ、シャルがもらっていいの？」

ガルさんが頷くと、シャルロットの尻尾はぶんぶん元気よく左右に動いていた。

「ありがとう！　嬉しい！」

さっそく髪に飾って、休憩所の鏡を覗き込んでいた。普段から可愛いのに、これ以上可愛くなってどうするつもりなのか。

「どう？　かわいい？」

そんな質問をしてくるシャルロットは、世界一可愛いかった。

ガルさんは皆が喜ぶお土産を、用意してくれていた。感謝の一言である。楽しい気分のまま過ごしたかったが、ガルさんに邪龍討伐の任務について話す時間がやってきてしまった。

ガルさんはいつになく神妙な面持ちのルードティンク隊長の話に、じっと耳を傾けている。

「と、いうわけで、邪龍討伐に同行することとなった。この件は、今日、皆に初めて話すのだが、今回の任務に限り、自由参加とする。不参加でも、今後の評価に影響しない」

最低最悪の魔王とも言われている、邪龍退治に同行するのである。何が起こるかわからない。命を懸けた任務になるだろう。その辺の配慮が、なされるようだ。

「私は、任務に参加する」

真っ先に名乗りを上げたのは、ベルリー副隊長である。迷いのない眼差しで、ルードティンク隊長を見つめていた。

「わかった。家族には、話しておけよ」

ベルリー副隊長はコクリと、重々しく頷く。

「私も行くわ。メルちゃんの故郷を、一回見てみたかったし」

「ザラさん……！」

家族はびっくりするだろう。ザラさんみたいな素敵な人を紹介したら。一応、手紙で何度かザラさんについて書いていたが、関係については触れないでいたのだ。

「ウルガスはどうする？」

声をかけられたウルガスは、ビクリと肩を揺らしていた。ベルリー副隊長やザラさんと違って、まだどうしようか悩んでいるように見える。

「邪龍討伐に、行くか、行かないのか？」

ルードティンク隊長は山賊顔で、ウルガスに究極の選択を迫る。

「うっ、うーん、うーーん」

「わかった。ウルガスは留守番だな」

「ちょっ、待ってくださいよ。俺を、置いて行かないでくださいっ！」

「いいのか？」

「う、うーん」

「迷うんだったら、ついて来るな！」

「い、行きます、行きたいです、行かせてください！」

ウルガスは同行したい気持ちはあるものの、まだ心の準備ができていないのだろう。私も、邪龍と向き合う勇気はいまだ湧かない。

「リヒテンベルガーはどうする？」

一方、リーゼロッテは涼しい表情でいた。

「行くに決まっているじゃない」

「邪龍は幻獣じゃないんだぞ？」

「わかっているわ。幻獣だった存在を見届けるのも、幻獣保護局の務めよ。あとは、魔王と恐れられていた邪龍から、フォレ・エルフを守るのも、私達騎士の役目でしょう？」

ルードティンク隊長は目を見張る。まさか、リーゼロッテの口から、騎士としての言葉を聞けるとは思っていなかったのだろう。彼女がもっとも、この一年で成長したのかもしれない。「リーゼロッテ、立派になって……！」と、母親のような気分になってしまった。

「まあ、同行するお父様が、暴走しないか心配なのもあるし」

ぽつりと呟いた言葉は、切実なものであった。

幻獣が絡んだ暴走はさておいて。国内で一番の回復魔法の遣い手であるリヒテンベルガー侯爵がいたら、心強いだろう。

「ガルはどうする？　無理は言わない。お前は、残ったほうがいいと思うが」

ガルさんはふるふると首を振り、邪龍討伐に同行すると決意を語ってくれた。スラちゃんも、一緒に来てくれるようだ。非常に心強い。

「リスリスは、聞くまでもないな」

「はい。もちろん、同行しますよ」

私が行くと言ったら、アメリアとリーフは付いてくるだろう。

アルブムがバタバタと走ってやってくる。

『アルブムチャンモ、パンケーキノ娘ト、行クヨオ』

「アルブム、今回の旅は邪龍討伐に同行する、危険な任務なんですよ。大丈夫ですか？」

『ウン。パンケーキノ娘ガ一緒ナラバ、怖クナイヨ』

「アルブム……」

アルブムを持ち上げ、ぎゅっと抱きしめる。『デヘヘ』という変な笑い声が聞こえたが、今日のところは許してやろう。

小さな体で、邪龍討伐に同行するアルブムの勇気を称えた。

「シャルは、みんなの帰りを、待っているね。お部屋を、ピカピカにしておくから」

「シャルロット……！」

本当は、シャルロットも同行したいのかもしれない。けれど、彼女は自分の役目をよくわかっている。

「絶対、絶対、帰ってきてね。でないと、シャル、泣いちゃうから」

「シャルロット、大丈夫ですよ。私達には、アイスコレッタ卿がいますから」

「うん、そうだね。鎧のお爺ちゃんは、とってもとっても強いから、みんな、帰ってくるよね」

「ええ。なるべく早く帰るよう努めますので、留守を頼みますね」

「わかった。シャルはここを、守る」

なんだかしんみりしてしまったが、まだ出発の日ではない。

当日まで、抜かりなく準備をしなければならないだろう。

＊

それから数日が経った。ついに明日、フォレ・エルフの森へ帰る。

出発前に、持って行く保存食を確認する。干し肉にパン、乾燥果物と野菜、炒った木の実にビスケット、チョコレートに焼き菓子。十分準備は整っているような気がしたが、もう一品作ろうか。

考えた結果、歩きながらでも食べられる飴を作ってみることにした。材料は砂糖、蜂蜜（ミエレ）、生姜（ゼンゼロ）に柑橘汁と、今あるもので作れる。

飴作りは久しぶりだ。なんだか懐かしくなってしまう。

フォレ・エルフの村で暮らしていたころ、三ヶ月に一度飴を作る日があって、祖母や母と一緒になって調理していた。

ただこの飴は、お菓子ではない。風邪を引いたり、喉が腫れていたりするときにのみ舐めることを許されるのだ。

その秘密は、材料にある。蜂蜜には殺菌作用が含まれており、生姜は体を温めてくれる。

代々伝わるリスリス家特製の飴はおいしい。そのため、飴が食べたいばかりに、喉が痛いと訴える不届き者もいた。

そういうときは、母の厳しい健康確認が行われる。まず、喉が腫れているか確認し、さらに、額に手を当てて熱があるか調べる。もしも、風邪や体調不良の症状が見られず、嘘をついたのがばれたときはお尻を叩かれてしまうのだ。

嘘をついたら大変なことになる。身を以て、学んでいることだろう。

材料が揃ったら、調理に取りかかる。

まず、生姜をすり下ろしたものを煮沸消毒した布で包み、汁を搾る。その汁と、材料すべてを鍋に入れて混ぜていく。

一度沸騰したら火を弱め、琥珀色になるまで弱火で加熱する。とろーりと固まってきたら、油紙の上に垂らしていく。このまま固まるまで放置し、仕上げに粉砂糖をまぶしたら、蜂蜜飴の完成である。

ひとつ舐めてみたが――少し煮詰めすぎたのだろうか。香ばしいを通り過ぎて、ちょっぴりほろ苦い味がする。

「うっ、失敗！」

久々に作ったので、煮詰めすぎてしまったようだ。それでもまあ、蜂蜜の風味や生姜のピリッと感はある。大失敗、というわけではないだろう。

今回はみんなに配るのは止めて、自分だけで消費しよう。使った食材は、自腹で補充しておきます。

飴はひとつひとつ油紙で包んだ。次の遠征には、二、三個持って行くか。もしかしたら、アルブムだったら食べるかもしれないし。

料理を失敗することは、最近はなくなっていたのに。

やはり、邪龍討伐に同行するので、緊張しているのだろうか。

落ち着かなければ。こういうときは、深呼吸だ。大きく息を吸い込んで、はく。

よし、大丈夫――と、自分に言い聞かせていた。


ソワソワしているのは、私だけではなかった。それは、帰宅後に実感した。

皆、落ち着かない様子を見せている。なぜか、邪龍討伐に同行しないシャルロットまでも、だ。

ただ、アイスコレッタ卿だけは、さすがに通常営業みたいだけれど。コメルヴと共に、薬草を煎じていた。

夕食後、ザラさんから話があると言われていた。いったい、何を話すのか。

いつもだったら、お茶会とか、一緒に裁縫しようとか、そういう感じで誘ってくる。ちょっと……いいや、かなりドキドキしていた。

アメリアとリーフにも聞いて欲しいというので、付き合ってもらう。部屋の端に座っていたが、リーフはくわーっとあくびをしていた。

緊張を解すため、蜂蜜(ミエレ)をたっぷり入れた薬草茶を用意する。お菓子もいくつか並べておいた。豪勢に、三種類も。明日から遠征なので、ゆっくりのんびりお茶を飲む暇はないだろうから。

乾燥果物のケーキに、木の実入りのクッキー、バターをたっぷり入れた焼き菓子などをテーブルに並べていく。

そろそろ約束の時間だろうか。蒸らしていた薬草茶をカップに注いでいたら、トントントンと扉が叩かれた。

「はーい」

「メルちゃん、私よ」

「あ、どうぞ」

ザラさんが部屋の中へと入ってくる。手には、焼き菓子が盛られた器があった。

「あら、やだ。私達、同じことを考えていたのかしら？」

「明日から遠征なので、贅沢をしようかなと」

「私もよ」

ザラさんが作ったのは、焼きメレンゲに一口大のシュークリーム、バターサンドなど、オシャレで可愛いお菓子ばかりだ。私の、お母さんが作ったみたいなお菓子とは違う。まあ、どちらもおいしいことに変わりはない。

そんな感じで、ザラさんとのお茶会が始まった。薬草茶にひと匙の蜂蜜を垂らしてから飲む。

「うん、おいしいわ」

「よかったです。この前、アイスコレッタ卿が摘んできたものを、分けていただいたのですが」

「大英雄様が摘んだ薬草だったのね。力が付きそうだわ」

「本当に」

ザラさんが作った焼きメレンゲを摘まんで食べる。サクサクで、一瞬にしてしゅわりと消えてなくなった。甘くて、ほんのり香ばしい、魔法みたいなお菓子だ。

しばらく、お菓子談話で盛り上がったが——空を覆っていた雲が流れ、月が見えた。その瞬間、ザラさんの顔つきが変わった。

「明日、ついに、フォレ・エルフの森へ行くことになるわね」

「ええ」

思いがけず、里帰りをすることとなった。家族は、私をどう迎えてくれるのか。もしも、「帰ってこい」とか言われたら、どんなふうに言い訳すればいいのかわからない。もう、妹の持参金は必要ないと言われている。十分すぎるほど、受け取ったと。

つまり、当初の目的である出稼ぎは、すでに完了していたのだ。

「メルちゃん」

「は、はい？」

「お願いがあるんだけれど」

「な、なんなりと」

私の中にある悩みにはとりあえず蓋をして、真面目にザラさんの話を聞くために姿勢を正した。

「お願いとは、なんでしょうか？」

「メルちゃんのご両親に、挨拶をさせてくれるかしら？」

「それは、もちろんです。むしろ私のほうから、紹介させてくださいとお願いしなければならないくらいでした」

ザラさんは公私共に、王都でもっともお世話になった人だ。そのことについて、家族にも報告したい。

「あのね、メルちゃん。挨拶というのは、その……」

ザラさんが口ごもる。ここで、私はようやくザラさんの言わんとする〝挨拶〟が何か気付いた。

ただ、我が家にやってきて話をするのではなく、将来を誓い合った仲ですと報告しに行ってもいいかと聞いていたのだ。

顔が、カーッと熱くなる。ザラさんがそこまで考えてくれていたなんて。自分の鈍感さが恥ずかしい。

「あ、そ、そういう、挨拶、でしたか。いや、そうですよね。フォレ・エルフの村なんて、滅多に行ける場所ではありませんし」

「ええ。でも、時機が時機だから、別の機会がいいかなと思って、メルちゃんに聞きにきたの」

「す、すみません、今の今まで気付かずに」

「いいえ。私も、回りくどい言い方をしていたわ」

家族にザラさんを紹介する時間はある。邪龍討伐の日程は、フォレ・エルフの森へ行った次の日に予定されているから。

「そういえば、はっきり言っていなかったような気がするわ」

「何を、ですか?」

ザラさんはジッと私を見つめ、背筋をピンと伸ばす。私もつられて、姿勢を正した。

「――メルちゃん、私と、結婚してくれる?」

その言葉を聞いた瞬間、肌が粟立った。すぐに、「嬉しい」という感情がふつふつと湧き上がる。

これまでの私だったら、「私なんかが、ザラさんと結婚していいのだろうか」などと考えていただろう。

今は違う。ザラさんが私を、人生を共にする伴侶に選んでくれた。素直に受け止めて、喜びたい。

「私も、ザラさんと結婚したいです」

「ありがとう」

アメリアとリーフに見守られながら、私はザラさんの求婚を受け入れた。

『クエクエクエー！』

『クエクエ！』

お幸せにと、祝福してもらう。

今まで感じたこともないくらい、幸福な気持ちで心が満たされた。


そして――フォレエルフの村に向かう朝を迎えた。早朝から、我が家に集合してもらっている。

まだ、周囲は薄暗い。ヒュウヒュウと、冷たい風が吹いていた。

皆の表情は、硬い。緊張しているのだろう。ルードティンク隊長は大あくびをしていた。

「ルードティンク隊長、すごいあくびですね」

「ああ、昨日、ほとんど眠れなかった」

さすがのルードティンク隊長も、目が冴えて眠れなかったようだ。

「家の中をうろついていたら、メリーナが俺に寝ろって怒鳴りつけて、寝台に縄で縛り付けてきたんだ。酷い話だろう？」

「メリーナさんはきっと、ルードティンク隊長が寝不足のまま任務に行くことを心配していたんですよ」

「現状、寝不足だがな」

「フォレ・エルフの村で、一晩ゆっくり休んでください」

「俺、枕が変わると眠れないんだよ」

「遠征の野営のときは、どうしていたんですか？」

「寝てない」

嘘だ～～～。いつも、遠征の野営でいびきをかいて寝ている人は、いったい誰だったのか。

私達の山賊隊長が、そんなに繊細なわけがない。

「ま、邪龍と対峙するまで一日あるから、どうにかなるだろう」

「ですね」

邪龍討伐に向かうのは、明日の予定だ。それまで、フォレ・エルフの村で過ごす。

皆、緊張して眠れなかったのだろうか。顔色が悪い人が多い。

「あいつは、ひとりでぐーすか眠っていたがな」

ルードティンク隊長はランスを指差す。

お久しぶりなランスは、都会風の服装を纏っていた。若葉色の詰め襟の上着に、革のズボン、それから、新品の弓と矢筒を背負っている。

「ランス、その服と装備、どうしたんですか?」

「山賊隊長の義理の親から買ってもらったんだよ。俺はいいって言ったんだがな」

すさまじい気に入られようである。なんというか、ランスは生意気だが、村一番の愛されっ子だった。王都でも、その魅力を発揮するとは。

ベルリー副隊長は、ルードティンク隊長と違ってシャッキリしていた。さすがである。いつも通りのベルリー副隊長であった。

一方で、いつも通りではない人もいる。

「はあ、緊張する」

珍しく、ザラさんも憂鬱そうだった。それも無理はないだろう。邪龍と対峙するのだから。

「ザラさん、大丈夫ですか?」

「昨日から、大丈夫、大丈夫って言い聞かせているんだけれど、メルちゃんのご家族に会うことを考えたら、どうにも落ち着かなくって」

「緊張の種は邪龍ではなく、私の家族でしたか」

「邪龍は、アイスコレッタ卿が倒してくれるから平気よ。でも、メルちゃんの家族に気に入られるかは、私自身にかかっているから」

「心配しなくても、ザラさんについては以前から手紙で伝えていますし、母も父も、いつかお礼を言いたいと手紙にあったくらいなので」

「そ、そうだったの? メルちゃん、私について、お手紙に書いておいてくれたのね」

「はい」

「ありがとう」

ザラさんの緊張は、いくらか治まったみたいだ。

ウルガスとアルブムは、庭の端のほうでガクブル震えていた。

「いや、森の早朝、めちゃくちゃ寒くないですか?」

『メチャクチャ、寒イヨ……』

緊張して震えているのかと思えば、寒くて抱き合っているだけだった。お互いがお互いから、暖を取っている状態なのだろう。なんていうか、ほっこりしてしまう。

リヒテンベルガー侯爵家の親子は、アメリアとリーフを遠くから眺めている。早朝から、幸せそうだ。あのふたりは心配ないだろう。幻獣がいれば、いつでも元気いっぱいだ。

ガルさんはスラちゃんと空を見上げていた。いつの間にか太陽が昇り、青空が広がっている。ガルさんはなんとなく、切なそうに見えた。新婚さんなのに、旅行から戻ってきて一ヶ月も経っていないので、辛いのかもしれない。

私が見ているのに気付いたスラちゃんが、手招きしてくれる。

駆け寄ったら、ガルさんが空を指差した。

「空が、どうしたのです――あ！」

なんと、雲の形がパンに似ていたのだ。同時に、ぐうとお腹が鳴った。ガルさんは恥ずかしそうにしている。

「あ、もしかして、朝食を食べていなかったのですか？」

ガルさんはコクリと頷く。

まだ、出発まで時間がある。簡単な料理ならば、作れるだろう。

他の人にも聞いて回ったが、皆、集合時間が早かったからか、朝食を食べていないと。顔色が悪かったのは、きちんと食事を取っていないからみたいだ。

「だったら、ちょっとした軽食を用意しますね。待っていてください」

台所でエプロンをかけていたら、シャルロットが顔を覗かせる。

「メル、何をしているの？」

「みんな、小腹が空いているみたいで、軽食でも作ろうかなと」

「シャルも、何か手伝おうか？」

「いいのですか？」

「うん」

シャルロットと共に、調理を開始する。パンを軽く炙り、クリームチーズを塗った。その上から、蜂蜜(ミエレ)をたっぷり垂らす。

甘いものが苦手なルードティンク隊長には、ハムを乗せてチーズをまぶし軽く焼いたものを出す。

一緒に、アツアツの紅茶も淹れた。ミルクと砂糖をたっぷり入れて。

調理時間は十分もかからなかった。家にあるもので作ったパンを、シャルロットと共に配って歩く。

「ザラさん、どうぞ」

「ありがとう。安心したら、お腹が空いていたのよね」

ザラさんはクリームチーズ蜂蜜パンを頬張り、幸せそうに食べてくれる。

「おいしいわ」

「よかったです」

他の人達にも、パンを配って歩いた。寒がっていたウルガスとアルブムも、紅茶を飲んで温まったようである。

皆、朝食を食べ、温かい紅茶を飲み、顔色がよくなった。これで、大丈夫だろう。

ついに、出発の時間となる。邪龍討伐について打ち合わせをしていたアイスコレッタ卿と先生が、家の中から出てきた。あのふたりは、しっかり朝食を食べていたので、大丈夫だろう。

「出発します。準備はいいですか？」

先生の問いかけに、皆、迷わず頷いた。

シャルロットが両手を振って、見送ってくれる。

「みんな～～！　絶対、絶対、元気な姿で、帰ってきてね～～！　シャル、待っているから！」

留守をしてくれるシャルロットのためにも、怪我のないようにしなければ。

「シャルロット、行ってきます」

「行ってらっしゃ～い」

転移魔法の魔法陣が、地面に浮かび上がる。ついに、フォレ・エルフの森へ帰るときがやってきた。

『クエクエ！』

『クエ！』

アメリアとリーフが、私の両脇に並んで「もうすぐ家族に会えるね」と声をかけてくれた。

ランスの婚約破棄がきっかけで、私はフォレ・エルフの森を飛び出した。もう、戻ることはないと思っていたけれど――奇しくも帰れる機会が訪れたのだ。

この気持ちをどう言葉にしていいのかわからない。

ワクワクでも、ドキドキでもない、不思議な感情が私の中で渦巻いている。

と、考え事をしているうちに、景色がガラリと変わった。

蜂蜜色(ミエレ)の煉瓦の家はなくなり、深い深い森の中へと降り立った。

朝だからか、薄く霧がかかっている。王都の森よりも寒くて、ぶるりと震えてしまった。

どこまでも続く緑の景色は、間違えるはずもない。私が生まれ育った、フォレ・エルフの森だ。

「ここが、リスリスの育った、フォレ・エルフの森、か？」

「はい！　そうです。ここが私の、森――！」

まだ、この森を飛び出して二年も経っていない。それなのに、懐かしさがこみ上げてくる。

「リスリス衛生兵、ここ、すごいですね！　空気が、とてもうまいです！」

本当だ。ウルガスの言う通り、空気が澄んでいるように感じる。

ルードティンク隊長は、きれいな空気にむせていた。大丈夫なのか。

「ここは、変わらないですね」

「メル、二年やちょっとでは、この森は変わらないですよ」

「そうですね」

遠い距離を転移してきたが、誰も転移魔法酔いになっていないようだ。

以前、転移魔法酔いをしていたリヒテンベルガー侯爵も、ケロッとした表情である。さすが、先生の魔法と言えばいいのだろうか。

「よし、皆、無事だな。出発するぞ」

森の中を進んでいく。

「おい、リスリス。本当に、この先にフォレ・エルフの村があるのか？　熊の巣に入りそうなんだが」

「失礼ですね。ありますよ！」

と、言ったものの、歩いているうちに不安になる。方向音痴というわけではないが、もうずっと通っていない道だ。本当に熊の巣に案内したら大変なので、先導をランスに明け渡した。

木漏れ日が差した道を進み――鬱蒼と茂った木々の間を抜け――水中花が咲く湖を通り過ぎる。

その先に、フォレ・エルフの村があった。

「うわ、本当に村があったぞ！　森の中に、家が建っている」

ルードティンク隊長は驚き顔で振り返る。信じていなかったんかい。

「森の奥地に住んでいるから、私達は〝フォレ・エルフ〟と呼ばれているのですよ」

通常、村や町を造るとき、森を切り開く。しかし、フォレ・エルフは家を建てるのに必要な木を伐るだけで、開拓は行わない。そのため、隣近所と言っても、五分、十分と歩いた先にあることも珍しくなかった。

リーゼロッテも、フォレ・エルフの村の様子に驚いていた。

「木造の家が点々とあるわ。これが、フォレ・エルフの暮らしなのね」

初めて、他の村を見たときにはびっくりしたものだ。家がぎゅぎゅっと密集していて、周囲に森がなかったから。

「森の中に家があるのが、普通だと思っていたんですよね」

「しっかし、こんな森の奥にあったら、誰もたどり着けないだろうな」

「ですね。冒険者や旅人がやってくることは、ほぼないです」

フォレ・エルフの森全体に、古の時代にかけられた結界があり、用がない人々がたどり着くことを拒んでいるという話も耳にした覚えがあった。

出入りを許されているのは、一部の商人だけである。

「まずは、村長の家に事情を話しに行くか。ランス。お前の実家だったな」

「ああ」

「案内しろ」

「はいはい」

ランスは渋々といった感じで、家まで案内する。

現在の村長は、ランスのお祖父ちゃんだ。小さいときから、厳しい印象でちょっぴり苦手だった。

直接会うのは、五年ぶりくらいかもしれない。ランスと婚約していたといっても、村長は遠い存在なのだ。

村長の家は、木造の大きな平屋建ての家である。ランスは外から、「帰ったぞ」と偉そうに声をかけていた。すると、扉が開いてランスのお母さんが出てきた。

「ランス、帰っていたのですね」

「ああ」

「あら、お客様?」

「祖父(じい)ちゃんに話があると」

「そうだったの。でも、一時間くらい前に、出かけてしまったわ。湖でお祈りをしていると思うのだけれど」

どうやら、村長は不在のようだ。日課である、湖でのお祈りを捧げているらしい。敬虔な、フォレ・エルフだ。

「じゃあ、湖のほうに行くか」

「ランス、お祈りを邪魔していいのですか?」

「別にいいだろう。朝の散歩みたいな日課だし」

神聖な儀式のように思えたが……。しかしまあ、待つ時間ももったいないだろう。ルードティンク隊長の判断で湖に向かうこととなった。

十五分ほど森を進んだ先に、美しい湖がある。輝く水色で、普段は近づいてはいけないと言われていた場所だ。そこに、ランスの祖父であり、村長でもある人が立っていた。

「祖父ちゃん、ただいま」

ランスの声に反応し、村長はくるりと振り返る。

魔術医の先生のように、年若い外見ではない。ごくごく普通の、皺だらけのお爺ちゃんだ。

相変わらず、隙のない空気を纏っている。

ランスを見て、くわっと目を見開いた。

「この、バカ息子がーーーー‼」

村長の声に驚いた鳥が、木から飛び立った音が聞こえた。それほど、大きな叫びだったのだ。

「な、なんだよ」

「なんだよ、じゃないわ！　お前が王都に行った経緯を聞いて、恥ずかしくて死ぬかと思ったわい！」

いまいちピンときていないランスを、村長は足払いして転倒させた。

「どわっ‼」

そして、自らも地面に膝を突き、頭を垂れる。

「魔術医様、このバカ息子が、言いつけを破って、申し訳ありませんでした」

「ああ、その件でしたか」

どうやら村長は婚約破棄についての事情を、きちんと把握していなかったようだ。あとになって、ランスの両親から、王都に行った理由を聞いていたらしい。

「メル・リスリスも、すまなかった」

村長はランスのお尻を叩き、謝るようにと叫んだ。

「ほら、早く、言え‼」

「痛っ！　痛い！」

「メル・リスリスの心の痛みは、お前が感じた痛みの比ではなかったぞ‼」

「わかった、わかったから、叩くな！」

ランスは地面に膝を突いたまま私を遠慮がちに見上げ、頭を下げた。

「その、なんだ。悪かった」

すぐに許してあげることはできないけれど、謝罪の言葉は受け取った。あとは、時間が解決してくれるだろう。

「本当に、すまなかった。この通り、ランスは頭が足りんのだ」

「あ、いいえ。私は、この婚約が破棄されてよかったと、思っています」

「しかし、そうはいかない。次代へ子どもを残さないといけないのだ」

「村長殿、その話ですが、もう、生贄を捧げるのは止めようかと、考えています」

「な、なんと⁉　もしや、邪龍を世に放つというのですか？」

村長は森や湖の様子から、邪龍が生贄を欲する瞬間が近いと感じ取っていたらしい。

「魔術医様、それは、あまりにも危険です。世界が、危機に陥るでしょう。どうか、どうか、もう一度お考え直しを。今回ばかりは、この老いぼれが、生贄になってもいいので」

「大丈夫なのですよ」

「だ、大丈夫、とは？」

「邪龍殺しの大英雄を連れてきました」

「は？」

「シエル・アイスコレッタ卿です」

今の時代ではまず見かけない、全身鎧姿のアイスコレッタ卿を前に、村長は目を極限まで見開いていた。

「ま、まさか、魔術医様、勇者召喚を、したのでしょうか？」

「いいえ。偶然、見つけたのです」

「大英雄を、ですか？」

「はい」

アイスコレッタ卿は我が家で雑草を取ったり、薬草を摘みに行ったり、クッキーを焼いていた。信じられないことだが、すべて本当である。

「邪悪たる龍は、この水晶剣（クリスタル・ソード）で屠ってみせよう」

アイスコレッタ卿は水晶剣を引き抜き、邪龍討伐の宣言をする。震えるほど、カッコよかった。

「出発は明日を予定しています。アイスコレッタ卿と騎士達が休む宿泊施設を、用意してほしいのですが」

「それは、今すぐに！」

村長はシャキッと立ち上がり、ランスの首根っこを掴んで立たせる。

「おい、ランス。お前は自分の部屋を掃除しろ」

「え、なんでだよ」

「騎士様が休む部屋に使うからに決まっておるだろうが！」

「俺は、どこで休むんだ？」

「お前は鶏小屋でいいだろう！」

「はあ⁉　酷くねえ?」

「酷いのは、メル・リスリスの気を引くために、婚約破棄したお前だ！　しばらく、鶏小屋で寝起きして、反省しておけ！」

ランスへの罰は、村長がしっかり与えてくれるようだ。鶏小屋で己の愚かな言動を大いに反省してほしい。

「メル・リスリスは、実家に戻るだろう?」

「はい」

「明日まで、ゆっくり休むといい。後日、リスリス家には謝罪に向かう」

「いいえ、どうかお気になさらず」

「いいや、本当に悪いことをした。きちんと、筋は通さなければならん」

子どものとき、村長を怖い人だと思っていた。今も十分怖い人だが、正義感溢れる真面目な人だったのだ。

「では、しばし解散だ。明日の朝、村長の家の前に集合とする」

ルードティンク隊長の号令で、散り散りとなる。

アイスコレッタ卿と先生、ルードティンク隊長とベルリー副隊長は村長と話をするようだ。ガルさんは、スラちゃんと共に村の散策を行うと。ウルガスは小さな子どもたちに囲まれ、「騎士様だー」と尊敬の眼差しを受けていた。これから、弓矢の使い方を教えるようだ。リヒテンベルガー侯爵家の親子は、フォレ・エルフに幻獣の目撃情報を聞き回っていた。幻獣愛はどこに行っても発揮されるようだ。

「ザラさん、あの、今から私の実家に向かいますが、いいですか?」

「ええ」

ザラさんの表情が、再び張り詰めたものとなる。そんな中で、アルブムが鞄から顔を出し、ぽつりと呟いた。

『パンケーキ一家カー……』

「なんですか、パンケーキ一家って」

アルブムの意味不明な発言に、ザラさんは表情を綻ばせていた。アルブムのおかげで、緊張が解れたようだ。

「アメリアとリーフも、行きますよ」

『クエクエー！』

『クエッ！』

『アルブムチャンモネ！』

「はいはい。アルブムも、行きますよ」

『ハーイ！』

こんな大所帯でやってきたら、家族はびっくりするだろう。

「ここから、歩いて五分くらいです」

「そう。お土産、足りるかしら？」

なんと、ザラさんは私の家族にお土産を用意していたらしい。

「王都銘菓のクッキークリームサンドなんだけれど、お口に合うかしら？」

「それって、行列に並ばないと買えない、超人気菓子じゃないですか！」

「ええ。昨日、昼休みにちょこっと買いに行ったの。一週間前に予約していたから、並ばずに買えたのよ」

「そんな裏技があるんですね！」

と、話をしているうちに、実家にたどり着いてしまった。ランスの家よりも小さい、木造の家。

外にはキノコが干してあり、摘んできた薬草がカゴに入ったまま放置されている。洗って乾かしている靴や帽子、片方だけ落ちている手袋など、生活感溢れる久しぶりな我が家だ。

家の裏に回ると、雑貨が並んだ小屋がある。フォレ・エルフの村の、唯一の商店だ。月に何度か森の外に商人がやってきて、品物を入荷している。扱う商品は少ないが、他に商店がないのでそこそこ儲けている。

大家族なので、生活が豊かになることはないが。

「ここが、メルちゃんの実家なのね」

「ええ……」

家の中から、家族の声が聞こえる。誰かが誰かのお菓子を食べてしまったようだ。我が家では、頻繁に起こる事件である。食べ物の確保技術を磨かなければ、誰かに食べられてしまうのだ。

「なんか、すみません。騒がしくて」

「賑やかで、いいと思うわ」

「賑やか……」

突然、扉がバン！　と音を立てて開く。

「もう、家出してやるんだから、メルお姉ちゃんみたいに、王都に行ってやるっ～～!!」

豪快に叫びながら出てきたのは、九歳年下の妹ミルだ。目と目が合い、「あ！」と指差される。

驚きすぎて、思考が停止しているようだ。体が石像のように、ピタリと止まって動けないでいる。

しばらく見ないうちに、大きくなった。すっかりお姉さんになっている。

「ミル、ただいま」

「お、お姉ちゃん？　本当に、本当に、お姉ちゃん？」

頷くと、ミルは弾丸のように駆けてきて、私に飛びついてきた。

あまりの勢いのよさに倒れそうになったが、なんとかふんばる。今までの私ならば倒れていただろうが、今は騎士だ。訓練の成果が今、役に立った気がする。

「お姉ちゃん！　なんで、王都に行ってしまったの？　寂しかったんだから～～！」

「ミル……」

「仕送りなんていらない！　都会の食べ物も！　貧乏のままでいいから、ずっとずっと、お姉ちゃんにいてほしかったよ～～！」

わんわん泣き始めるミルの体を、ぎゅっと抱きしめる。ミルは弟妹の中でも、私に一日中べったりだった。

王都に出稼ぎに行くという意味も、あまりよくわからないまま見送ってくれたのかもしれない。

背中をさすって慰めていたら、もうひとり家から出てきた。白髪交じりの頭に、ひげを生やした中年男性は——父だ。

「おい、ミル。芋を食われたくらいで、めそめそするなよって、なんだ⁉」

大号泣するミルに、突然帰ってきた私。それからザラさん。さらに、アメリアとリーフもいる。

父の叫びを聞いた家族がゾロゾロ出てくる。

「あ、メルだ！」

「メルと、男がいるぞ！」

「大きな鳥は何？」

「あれは、幻獣だ！」

ワーワーと、各々言いたいことを言い始め、混乱状態となる。

「あななたち、静かにしなさいっ！」

最後にやってきた母の一言で、シーンと静まり返った。私に気付くと、微笑みながら「おかえりなさい、メル」と声をかけてくれる。いつも通りの「おかえりなさい」に、涙が溢れそうになった。

「た、ただいま」

「メル、連絡もなしに帰ってくるなんて、どうしたの？」

「そ、それは――」

「メル、今から騎士様に連行されるんだよ！　ほら、あのお兄ちゃん、騎士隊の象徴である、鷹獅子（グリフォン）の紋章を付けているから！」

誰が連行される途中だ。勝手なことを言うのは、三つ年下の弟ロロだ。

それにしても、酷い発言である。私は最後に家族に顔を見せにきた、犯罪者ではない。

「違うから！　この人は、ザラさん！　私と結婚してくれる、希有な人だから！」

「は、はあ～～～～!?」

皆一様に、驚いていた。まあ、無理もないだろう。ランスに婚約破棄された私自身、結婚は無理だと思っていたから。

「あの、初めまして。ザラ・アートです」

父がぎくしゃくした動きで、頭を下げていた。母は口元に手を当てて、信じがたいという視線を向けている。妹達はキャアキャア騒ぎ、弟達は口をあんぐりと開けたままだった。

父は油が切れたゼンマイ仕掛けの人形のようなぎこちない動きで接近し、ザラさんに問いかける。

「あ、あの、ほ、本当に、メルと、結婚してくださるの、ですか？」

「はい。許していただけるのであれば、メルさんと、結婚したいと、思っております」

父はツーと涙を流し、無言でザラさんの手を握った。ザラさんは困った表情でいるので、涙と行動の解説をしておく。

「あの、父は嬉しくて、泣いているんです」

「そうなのね。よかったわ」

「あ、あの、お父さん。よかったら、家の中で話さない？　外は、ひんやりしているから」

「うっ……ううっ、そ、そうだな」

アメリアとリーフは家の中に入れないだろう。外で待っておくよう声をかける。

好奇心旺盛な弟達がアメリアに近づこうとしたが、リーフが制していた。

「なんだよ、可愛い白いほうと遊びたいのにー！」

「つーか、黒いほう、目つきが悪いんだよ」

リーフは翼を広げ、アメリアを守るように立ちはだかっていた。この場は、リーフに任せていたら大丈夫だろう。

ザラさんを家の中へと案内する。

「年季の入った家ですが」

「おじゃまします」

玄関には狩猟用の靴が大量に並び、一歩足を踏み入れると、床板がギイギイ音を鳴らす。懐かしい、我が家だ。匂いも音も、空気さえ、何一つ変わっていない。父が居間兼食堂に案内する。

家族全員が座れる長い食卓に、小さな火しか点さない暖炉があるだけの部屋だ。今日も結構な寒さだが、拳大の火しか灯っていない。家の中の気温は、外とほぼ同じくらいか。いつものリスリス家である。

「なんか、変わらないな」

「当たり前だ。お前の収入を頼って、贅沢な暮らしなんてできるわけがないだろう」

仕送りはすべて、使わないで取っているらしい。私が王都で、何か困ったことがあればいつでも使えるようにしていたのだとか。

「メルの気持ちは、とても嬉しかったの。でも、あなたの人生を使って稼いだお金は、あなたのために使ってほしいわ」

「お母さん……！」

改めて、ザラさんを紹介した。

「あの、手紙にも何回か書いたと思うけれど、騎士隊の同僚であり、新しい家の同居人でもある、ザラさん、です」

「はじめまして、ザラ・アートと申します。お会いできて、光栄です」

両親は、目をぱちくりさせている。いったい、どうしたのだろうか。

「あ、ああ。あんたが、〝ザラさん〟だったのか」

「ごめんなさいね。私達、手紙の〝ザラさん〟を、女性だと思っていたの」

「え⁉」

私はきちんと書いていたはずだ。雪国出身で、心がきれいで優しく、裁縫と料理が上手な美人であると。

「んん……？　雪国出身で、心がきれいで優しく、裁縫と料理が上手な美人って、私、性別について書いてなかった⁉」

「ええ。まさか、男性だったなんて思いもしなかったわ」

「だな」

「そ、それはそれは、失礼を……！」

今まで散々、ザラさんに王都でお世話になったと手紙に書いてきた。まさか、ザラさんが男性であるという一文が抜けていたなんて。大失敗である。

「しかし、アートさんみたいな立派な方が、うちのメルと結婚してくれるなんて」

「立派ではありません。私は未熟なばかりで……」

「まあまあ、なんて謙虚な人なの。メル、よかったわね、素敵な人と結婚してもらえるなんて」

本当に、ザラさんみたいな人と結婚できるなんて、私の運はすでに使い切ったも同然だろう。

「その……ふたりの、なれそめは？」

父の問いかけに、ぎょっとなる。まだ、私が結婚できることを疑っているのだろうか。

「お父さん、その話は――」

「私が、メルさんに好きになってもらうように、たくさんアピールしたんです」

「ええっ⁉」

アピールなんかあったのか。ザラさんを見たら「気付いていなかったのね」と言われてしまった。

「以前の私は、女装が趣味でして」

「あら、そうだったの」

「似合いそうだな」

女装したザラさんは、本当におきれいだった。もしかしたら、王都一の美しさだったかもしれない。

「メルさんと出会って、好きになってから、男性の恰好をしたほうがいいのかと、思うようになったんです。それで、髪が短くなったことをきっかけに、男性の服を着ていたのですが、まったく相手にされず……」

ザラさんが悲しそうに俯いたので、両親がジロリと私を睨んだ。ザラさんが顔を上げると、パッと笑顔になる。恐ろしいほどの、変わり身の早さだ。

「でも、男装でも女装でも、私への態度が変わらないメルさんを、いっそう好きになりました。こうして、結婚を報告できる段階まで進むことができて、本当に嬉しく思います」

ザラさんの話を、両親は最終的に涙ながらに聞いていた。よくぞ、ここまで耐えてくれたとも。

私はずっと、ランスの主張に気付いていなかった。同じように、ザラさんが私のためにしていたことも、気付いていなかったのかもしれない。申し訳なさが荒波のように押し寄せてくる。

「メルとの結婚を決意してくれて、心から感謝している」

「根気強く接してくれて、ありがとう」

父も母も、ミルに負けないくらいの大号泣だった。

他の家族にもザラさんを紹介する。反応は、だいたい両親と同じだった。

わらわらと弟妹達に囲まれていたが、ミルの「あとは、若いふたりで過ごしてもらうのよ！」という謎の配慮により、フォレ・エルフの村を散歩することとなる。

サクサクと音を鳴らす落ち葉を踏みながら、ザラさんに謝った。

「ザラさん、すみませんでした。家族にもみくちゃにされてしまって」

「いいえ、楽しかったわ。私の故郷では、騒いだり動き回ったりするとお腹が空くから、なるべく動くなとか言われていたの。冬は特にね」

「雪国の暮らしは、ずいぶんと厳しいんですね」

「そうなの。でもね、お喋りはいくらでもしていいって言われていたわ。喉を潤す水は、雪を溶かせばいくらでもあるからってね。だから、うちの家族はみんなお喋りよ」

「ザラさんのご家族ですかー。お姉さんがたくさんいるんですよね？」

「ええ。両親は毎日忙しくしていたから、男物の服を作る時間もなくて、姉達の服をお下がりとして受け入れていたのよね。普段も、姉達に囲まれて過ごしていたし、私がこうなってしまうのも、無理がない話なのよ」

　そのおかげで、美意識が飛び抜けて高いザラさんに成長していったのだろう。お姉様達のおかげで、ザラさんはこんなにも美しく素敵に育ちましたと報告したい。

「ザラさんの故郷にも、行ってみたいです」

「本当？　そうなったらきっと、姉達も嫁ぎ先から押し寄せるわよ。メルちゃんが、もみくちゃにされてしまうかも」

「もみくちゃ……」

「大丈夫よ、メルちゃんのことは、守るから！」

「ありがとうございます」

　どこまでも続く森の中を、ザラさんとふたりでてくてく歩いて行く。他の人が見たら、フォレ・エルフの森とフォレ・エルフの村は同じだと言うだろう。正直、森も村も、見た目は変わらない。

　けれど、村には大きな魔物避けの結界があり、安心して住めるようになっているのだ。

「この木は、よく木登りをした木で、あの木はブランコを下げていたら折ってしまった木、それから――」

自分でもびっくりするほど、木と木と木しかない。合わせて森である。

「メルちゃん、ありがとう。メルちゃんが育った森を見ることができて、嬉しい」

「そう言っていただけると、案内のしがいがあります」

夏だったら、木の実やキノコが生えているけれど、冬はほとんど何もない。

「夏期に作った保存食と、狩猟で得た肉を食べてささやかに暮らすんです」

「その知識が、遠征に役立ったわけね」

「はい」

私が遠征部隊でやっていけたのは、フォレ・エルフの村での暮らしがあってこそだろう。育ててくれた両親には、感謝しかない。

「不思議ね。雪国とは、森がまるで違うわ」

「ザラさんの故郷の森は、どんな森なんですか？」

「白くて背が高い木が、延々と生えているの。地面は雪で、木も白くて、空も白い。一面白の世界だったの。一方で、フォレ・エルフの森は、とっても色鮮やかで、美しい。この赤や橙色の落ち葉なんて、初めて見たわ」

しゃがみ込んで、落ち葉を持ち上げてみる。たしかに、言われてみたら、王都の落ち葉は茶色しかなかったような。今までまったく気にしていなかった。

このように、ザラさんとの時間はゆっくりまったり過ぎていく。

「メルちゃん、他の人がどう過ごしているか、見に行かない？」

「いいですね」

まず出会ったのは、リヒテンベルガー侯爵家の親子だった。幻獣についての調査を行っているようだが、人がほとんどいないと憤っていた。

「今はみんな森に出かけて、狩猟や薬草摘みをしているので、村には人が少ないのですよ」

「なぜ、森に住んでいるのに、さらに森にでかけるのだ？」

「ここは森ではなく、村です」

村には魔物や獣避けの呪文が施されていて、安全が確保されている。

森では魔物や獣が出るものの、木の実や薬草の採取ができる。

私達フォレ・エルフにとって、村と森には違いがあり、どちらも生きていくには必要不可欠なものであった。

違いがいまいちわからないリヒテンベルガー侯爵は、理解できないという表情で私を見つめる。

「それよりも、メル、この辺りで、幻獣を見かけたことはある？」

フォレ・エルフの村人があまりにもいないので、リーゼロッテは私に質問し始めた。

「残念ながら、幻獣は見かけたことがないです」

「そう」

私が初めて目撃した幻獣は、アメリアである。そうそう、幻獣は人前に姿を現さないのだ。

「さっき会った子どもから、隣の家に精霊や妖精に詳しいお爺さんがいるって聞いたんだけれど、道は合っているかしら？」

「ああ、タロスお爺さんのことですか？」

「そんな名前だったわね。もう、三十分も歩いているのに、見つからないの。方向音痴ではないと思っていたんだけれど」

「大丈夫ですよ。道は合っています」

「よかった。この近くにあるの？」

「いえ、あと三十分ほど歩いた先ですね」

「ちょっと！　隣の家が徒歩一時間って、おかしいわ！」

「フォレ・エルフの村では、わりとあることです」

親族は固まって軒を連ねることはあるが、他人同士で隣り合って暮らすのはありえない。というのが、フォレ・エルフの常識である。

「村を出たときは、驚きました。狭い土地に他人が集まり、軒を連ねていたので」

「わたくし達にとっては、それが当たり前なのよ」

リーゼロッテは理解できないという目で、私を見ていた。こういうところは、リヒテンベルガー侯爵そっくりである。

ザラさんはしみじみ頷きながら言った。

「だから、メルちゃんは郊外の家を気に入ったのね」

「そうですね。隣人がいない、ポツンと一軒建つ家が、落ち着きます」

「私もよ。隣の家が一時間歩いた先なんて、珍しいことではなかったわ」

ザラさんの故郷とフォレ・エルフの村は環境こそ違えど、同じような暮らしをしていたのだろう。

「それで、リーゼロッテ。タロスお爺さんの家に行くのですか？」

「こうなったら行ってやるわ。幻獣について知っているのかは、わからないけれど。ねえ、お父様？」

「ああ、そうだな」

「だったら、行きましょう。この先三十分も歩かないといけないから、時間がもったいないわ」

ずんずん森を進んでいくリヒテンベルガー侯爵家の親子を、手を振って見送った。

続いて、ウルガスを発見する。村の子ども達に、弓矢の扱い方を教えているようだ。

ウルガスが射った矢はすべて的の真ん中に命中し、子どもが投げた小さな木の実も矢でたたき落とす。英雄扱いを受けていた。

「ウルガス、お疲れ様です」

「リスリス衛生兵！」

「すみません、なんか、子どもたちの相手をしてもらって」

「いえ、楽しいです。ここまで、カッコイイって言ってもらえることは、王都ではありえないので」

確かに、王都では剣を武器にする騎士がモテる。弓使いは地味という印象が強かった。

フォレ・エルフは弓矢を使って狩猟するので、扱いが上手い男性は非常にモテるのだ。

「若くて美人なお母さんにもちやほやしてもらえて、幸せです」

「よかったですね」

お菓子や軽食の差し入れがあったようだ。今まで見せたことがない、晴れやかな笑みを浮かべている。

もしもウルガスがフォレ・エルフとして生まれていたら、村一番のいい男だっただろう。きっと、モテモテだったに違いない。

「では、疲れが残らない程度に、お願いしますね」

「了解です」

幸せそうなウルガスと別れたあと、ザラさんがぽつりと呟く。

「あれ、くたくたになるまで遊ぶパターンになりそうだわ」

「その可能性は高いですね。ウルガスはお調子者なところがあるので」

まあしかし、若いので一晩休んだら元気になるだろう。

「んん？　あれは——」

若い女性達が集まり、キャアキャア騒いでいた。もしや、帰ってきたランスを取り囲んでいるのか。

そう思っていたが、違った。中心にいたのは、ベルリー副隊長であった。

皆、一様にうっとりとした表情でベルリー副隊長を見つめている。お菓子やお茶を持ちよって、おもてなしをしているようだった。

「王都の騎士様って、みんなベルリー様みたいにカッコイイのですか？」

「私も、ベルリー様と一緒に、王都に行こうかしら？」

フォレ・エルフの女性陣にも、大いにモテている。ベルリー副隊長の魅力は、世界共通なのかもしれない。

「邪魔しないほうがいいわね」

「私もそう思います」

ザラさんと共に気配を消し、そっとこの場から去った。

少し進んだ広場で、ガルさんを見つけた。肩に、スラちゃんの姿も発見した。

なぜか、村のお爺ちゃん、お婆ちゃんに囲まれていた。

「屋根の修繕をしてくれて、ありがとうねえ。これ、干した果物だけれど、食べておくれ」

「これは、煎った木の実だ。何、建て付けの悪かった扉を直してくれたお礼さ」

ガルさんの両手は、パンやら木の実やらで塞がっていた。途中からスラちゃんが袋に変化し、中へどんどん入れられている。

この短時間の中で、ガルさんとスラちゃんはお爺ちゃん、お婆ちゃんの家々を回り、建物の修繕や手伝いなどをしていたようだ。騎士の鑑である。

「どこに行っても、ガルはガルなのね」

「本当に、尊敬します」

思わず、手と手を合わせて拝んでしまった。

最後に、村長の家の前で、ルードティンク隊長とランスを発見した。

「オラアアアアア!!」

「クソ、この、死ねえええええ!!」

木刀を使い、模擬戦をしているようだ。普段から剣を使い慣れているルードティンク隊長に、ランスは足下にも及ばない。ルードティンク隊長の踏み込んだ一撃が、ランスの体を吹き飛ばす。

「ルードティンク隊長、さすがですね」

「ええ」

地面を転がって落ち葉まみれになったランスは、悔しそうに「クソ！」と悪態を吐いていた。

「筋はいい。毎日真面目に訓練していたら、腕の立つ騎士になるだろう」

その言葉に、家から出てきた村長が言葉を返す。

「隊長さんや。これ以上、引き抜きは勘弁してほしい。メル・リスリスを外に出したことでさえ、痛手だった」

　ランスは大事な跡取り息子だ。村から出すわけにはいかないのだろう。

「さあさ、お茶とお菓子の準備ができている。しばし休むといい」

　偶然居合わせた私とザラさんも、招かれた。村長の奥さんが、芋餅とお茶を出してくれた。

　ルードティンク隊長は、芋餅を不思議そうな目で見つめている。

「ルードティンク隊長、これは、フォレ・エルフの村に伝わるおやつです。森で採れたお芋を擂ったものに、小麦粉を混ぜて練り、中に具を入れて、カリカリになるまで焼いた料理ですよ」

「へえ、初めて見るな」

　中にひき肉が入ったおかず系と、煮豆が入った甘い系の二種類が用意されていた。

「ルードティンク隊長、こっちは甘い系で、こっちがしょっぱい系です」

　甘い物が苦手なルードティンク隊長は、迷わずしょっぱい系を選んで食べる。ザラさんと私は甘い系をいただいた。

　表面はカリッカリ、中はもっちり。煮込んだ豆の甘さに、ほっこりしてしまう。

「うん、うまいな」

　今まで体を動かしていたので、余計においしく感じるのかもしれない。ランスは甘い系としょっぱい系を交互に食べていた。あの食べ方が、正解である。

「ルードティンク隊長、そういえば、先生とアイスコレッタ卿はどうしたのですか？」

「あー、魔術医の先生は、家に帰って寝るとか言っていたな。アイスコレッタ卿は、フォレ・エルフの森を散歩するとか言って、一時間前に出かけたが」

話していると、玄関のほうから「帰ったぞ！」という声が聞こえた。

「おお、メル嬢、ここに来ておったか。見てくれ、薬草が、こんなにも豊富に生えておったぞ！」

「短時間で、よくここまで採れましたね」

アイスコレッタ卿は誇らしげに、胸を張っていた。

「しかしここは、不思議な土地だ。森の中は魔力が満ちあふれていて、空気がまったく異なる」

「たしかに、それは感じます」

森から出ると、ちょっぴり息苦しく思うときもあった。今では慣れたが、フォレ・エルフの森の空気と外の空気は、質が異なるのだろう。

「コメルヴもこの通り、シャッキリ目が覚めておる」

いつも、目をショボショボさせているコメルヴだったが、今日は目がぱっちりと開いていた。

『フォレ・エルフの森の空気、とってもおいしい！』

「それはよかったです」

アイスコレッタ卿は薬草の他に、山兎（ヒース）も数羽獲ってきたようだ。今から解体して、丸焼きを作るという。

一泊泊めてもらうお礼に、料理の腕を揮うようだ。

「野生の猪豚（スース）も仕留めたゆえ、持って帰ってリスリス家で食べるとよい」

「わ～、ありがとうございます」

猪豚は家畜だが、逃げ出した個体がフォレ・エルフの森で繁殖しているのだ。貴重なお肉として、重宝されている。外に出てみたら、アイスコレッタ卿が仕留めた獲物が並んでいた。

「山兎は七羽、そして猪豚は――」

「けっこう大きいわね」

「ですね」

「ありがたく、いただきましょう」

猪豚は血抜きを施し、皮も剥いだ状態だった。肉が傷まないよう、除菌効果がある大きな葉っぱに包まれている。

全長一メトルはある猪豚を、ザラさんはひょいっと持ち上げた。

「大丈夫ですか？　重たくないですか？」

「ええ、平気よ。アイスコレッタ卿、ありがとうございました」

改めて、アイスコレッタ卿にお礼を言って、別れることとなった。

家に戻ると、リーフが弟や妹達を上に乗せて遊んでいるところに出くわす。その背後で、アメリアが切なげな様子で佇んでいた。

「騎士隊エノクの騎士だぞ～～！」

「この鷹獅子(グリフォン)が、目に入らぬか～！」

「ちょっと、あなた達、何をしているの⁉」

鷹獅子は気高い生き物だ。認めた者以外、背中に乗せない。

慌てて、妹と弟をリーフの背中から下ろす。

「鷹獅子に乗ったらダメ！」

「えー、黒いのはいいよって、しゃがんでくれたよ」

「白いのと遊ぼうとしたら、乗ってもいいって」

リーフは子ども達からアメリアを守るために、自らの誇りを捨てて子ども達の相手をしていたようだ。

これも、アメリアに対する愛なのか。な、泣ける。

「リーフが許しても、私は許しません！　ひとまず、謝ってください」

「えー」

「でもー」

「幻獣は誇り高い生き物なんです。一緒に遊べる相手ではないのですよ！」

幻獣の生態と考えについて懇々（こんこん）と語り倒す。ほとんどは、リーゼロッテの受け売りだけれども。

最終的には理解してくれたようで、皆リーフに謝っていた。

母が家から、昼食ができたと叫ぶ。弟や妹達は、我先にと家に戻っていった。

「リーフ、すみませんでした。まさか、こんな事態になっているとは思わずに」

『クエクエ、クエ』

リーフは「好きな女を守れたから、なんてことない」とクールに言葉を返す。その発言を、アメリアは潤んだ瞳で見つめていた。

なんだか、アメリアのリーフに対する態度が、変わってきているような。

ザラさんが教えた、紳士的な男になるよう努めているからだろう。

『クエクエ、クエ』

アメリアが「食事に行ったほうがよくない？」と助言してくれる。

「それもそうですね」

とりあえず、猪豚（スース）は夕食用だろう。ひとまず、猪豚は家の陰になっている場所に置いて昼食をいただくことにした。

「メル、ザラさん、たくさん作ったから、お腹いっぱい食べてね」

久しぶりの、母の手料理である。ふわふわのかさ増しメレンゲオムレツに、春キノコのミートパイ、ベーコンのスープに、揚げ丸芋(ポトト)。昼食とは思えないごちそうの数々である。きっと、ザラさんがいるので、腕を揮ったのだろう。

感激している場合ではない。早く自分の分を確保しないと、お皿が空になる。育ち盛りの弟や妹達は、どんどんバクバク食べていた。ぼーっとしていると、すぐになくなってしまう。まずは、ザラさんの分を取らなければ。次々手が出る隙間から、どんどん料理を確保していく。

「ザラさん、どうぞ」

「ありがとう、メルちゃん」

「いえいえ」

笑みを三秒だけ浮かべ、今度は自分の分を確保した。あとは、ゆっくり食べればいい。

「ザラさん、すみません。毎日、こんなで」

「なんだか、楽しい雰囲気ね」

「ははは」

乾いた笑いしか出てこない。ザラさんが寛大な人でよかったと、心から思った。

「メルちゃんのお母さんの料理、メルちゃんの料理の味がするわ」

「私の料理は、母直伝ですからね」

「母から娘へ、引き継がれる味、か。なんだか、素敵ね」

ザラさんの話を聞いてから食べると、じんわりしてしまう。私の料理と味わいは変わらないはずなのに、特別おいしいと思ってしまった。

食事が終わったら、アイスコレッタ卿にもらった猪豚(スース)を調理するために外に出た。

「さてと。これを、どう調理するかが問題ですね」

「ええ」

夕食は私とザラさんが担当する。大家族なので、一頭まるまる食べきってしまうだろう。

「まずは、お肉の部位ごとに分けましょうか」

「そうですね」

肩肉にロース、ヒレ、もも肉、バラ肉にスネ肉——どの部位も肉質は最高。

大きな個体なので、解体するのも一苦労だ。硬い骨を、ザラさんは顔色を変えずに割っているけれど。

部位ごとに、葉っぱの上に肉を置いていく。

「よし、と。こんなものかしら?」

「ですかね」

とにかく量が多いので、お肉の部位ごとに分けて、各々料理をすることに決めた。

肩肉ともも肉、スネ肉は私が担当し、ヒレ、ロース、バラ肉はザラさんが調理を担当する。

料理の品目が被らないよう、打ち合わせも忘れない。

「すみません、大変かと思いますが」

「大丈夫よ。任せてちょうだい」

夕方までにすべて仕上げるには、手際よくしなければならない。すぐに、調理を始める。

私は外の簡易調理場で、ザラさんには家の台所を使ってもらう。

「よし、はじめますか！」

気合いを入れているところに、アメリアとリーフがやってきた。どうやら、私の頑張りを見守ってくれるらしい。

『クエクエー』

『クエッ！』

「ええ、頑張ります！」

まず、スネ肉から。この部位は若干硬い。筋を包丁で切り、切り刻んでひき肉状にする。香草と薬草、塩胡椒、卵、パン粉を入れて粘りが出るまで混ぜる。これを肉団子状にして、油でカラッと揚げる。そのあと、牡蠣（オストラ）ソースで作ったとろみソースで炒めたら肉団子のとろみ炒めの完成だ。時計を見て、ぎょっとする。一品目に、一時間もかけてしまった。ひとつひとつ肉団子を成形しなければならないので、仕方がない話であったが。

肩肉はどんどん叩いて、平たくする。それを溶き卵にくぐらせたあと、パン粉を振る。あとは、食べる前に揚げたら、猪豚カツの完成となる。叩いて肉が大きく広がったので、見た目の満足感もあるだろう。

三品目は、もも肉で作る。肉の色が薄紅色で、とてもきれいだ。きっと、柔らかい肉質だろう。

お肉の真ん中に香草を入れ、くるくる巻いて紐で縛る。これを、炙り焼きにする。塩胡椒を振って、時間をかけて焼くのだ。同時進行で、ソースを作る。すり下ろした森林檎（メーラ）とワインを合わせた、特製のソースだ。コクがあるのにあっさりしていて、こってり風味の猪豚肉との相性は抜群である。

だんだんと、日が暮れてきた。そろそろ、家族が仕事から帰ってくる時間帯だろう。

アメリアとリーフは、寄り添って眠っていた。仲がよろしいことで。

そういえば、アルブムはどこに行ったのだろうか。念のため、鞄を探ったら、中で爆睡している姿を発見する。体のホカホカ具合からして、かなり長時間眠っているようだ。

食事の準備が終わったら、起こすとしよう。

鍋に油を注ぎ、先ほど用意していた猪豚(スース)カツを揚げる。

ジュワジュワ揚げていたら、香ばしい匂いがふんわり漂う。お昼からずっと作業しっぱなしだったので、お腹が空いた。もう少しの我慢だと、己を鼓舞させながら揚げていく。

最後の一枚を揚げ終えると、言葉にはできない達成感をヒシヒシと感じてしまった。

家の中に運び、大皿にカツを盛り付ける。彩りとか、見た目は一切気にしない、山盛りのカツである。

炙り焼きは切り分け、これも同じく大皿へ。ソースだけは、オシャレにかけてみようか。と思ったが、大盛り料理なので、やるだけ無駄な気がした。肉団子のとろみ炒めも、同じように大皿へ。

「あ、メルちゃんも、仕上がったのね」

「はい、なんとか」

ザラさんはスープを鍋ごと持ってきていた。花の形にカットした野菜が、彩り美しくスープに浮かんでいる。さすがザラさんだ。大人数用でも、見た目に手を抜いていない。

「これはね、あばら骨で出汁を取った猪豚スープよ」

続いて持ってきたのは、ヒレ肉の紅茶煮。おいしそうな照りが出ている。

三品目は、ロース肉を使って作った生姜焼き(ゼンゼロ)だ。千切りした葉野菜が添えられている。

猪豚一頭を使って完成させた、猪豚尽くしの料理だ。

「なんとか間に合いましたね」

「ええ。なかなかの達成感があるわ」

「本当に」

ここで、アルブムが鞄の中で眠っていることを思い出し、起こす。

『パンケーキノ家族ト、ゴハンダー！』

だから、パンケーキの家族とは、なんなのか。まあ、気にしたら負けだろうが。

家族が続々と帰ってくる。テーブルに山盛りとなった料理を見て、目を剥いていた。

「わー、おいしそう！」

「早く食べた～い」

「もうちょっと待ってくださいね」

家族が揃ったところで、夕食となる。

「お父さん、お母さん、おかえりなさい」

「ただいま。おお、すごいご馳走だな」

「よく、これだけの量をお昼から準備できたわね」

「ザラさんと一緒に作ったから」

フォレ・エルフの男性は料理が一切できないので、両親は信じがたい、という目でザラさんを見つめる。

「そうか。メルは、胃袋を掴まれたのだな」

ザラさんの魅力は料理だけではないので。きちんと言っておく。

「では、食べましょうか」

狭い居間に十三名も集まり、ぎゅうぎゅうになりながらも自分の場所を確保する。ミルは私の隣に腰を下ろしていた。

「メルお姉ちゃんの料理、久々だなー」

「お母さんの料理と、味はそう変わらないと思うけれど」

「どっちも好きなの！」

可愛い発言をするミルを、ぎゅっと抱きしめたくなった。だが、そんなことをしている場合ではない。夕食の争奪戦に参加しなければ。

「メルちゃん、今度は、自分の分は自分で確保してみるわ」

「そうですか。どうか、頑張ってください」

「ええ」

もう、食卓の戦争は始まっていた。一人一枚しかないカツは後回しだ。まずは、特に個数制限がない肉団子のとろみ炒めを皿に取る。ひとつが大きいので、二個食べられたら十分だろう。

炙り焼きはソースをたっぷり絡めてお皿へ。これは一切れでいい。ザラさんが作った生姜焼き(ゼンゼロ)や、スープ、紅茶煮もしっかり皿に載せた。最後に、別のお皿にカツを確保する。

「ふう。こんなものですか」

隣に座るミルはすでに、料理をもぐもぐ食べていた。

「この、猪豚(スース)の煮物、とーってもおいしい〜！」

「それは、ザラさんの作った料理だからね」

「だよね。なんか、いつもと違う、オシャレな味がすると思ってた」

オシャレな味とはなんだ。オシャレな味とは。

それはそうと、ザラさんは料理を確保できたのか。ちらりと隣を見てみたら、美しく料理が盛られたお皿を、ザラさんは持っていた。

料理をただ取るだけではなく、彩りを気にしながら盛り付けるなんて。さすが、食堂で働いていただけある。

「メルちゃん、食べましょうか」

「はい」

手と手を合わせて神に感謝の祈りを捧げ、いただきます。

まずは、ミルが絶賛していた、オシャレな味がする紅茶煮から食べてみる。

「わっ、お肉が、柔らかいっ!!」

信じられないくらいお肉がしっとり柔らかくて、さっぱり煮上がっている。紅茶の中で煮たあと、赤ワインのソースにつけ込んでひと煮立ちさせたものらしい。

ミルが言っていたとおり、オシャレな味がする。高級なレストランで出されているような、品のある料理だ。

猪豚のスープも、あばら骨の出汁が利いていて、奥深い味わいがする。塩と香草を利かせたシンプルな味わいが、すばらしい。

生姜焼きは濃い目の味付けだ。先ほどから、父がお酒と一緒にバクバク食べている。弟達も、生姜焼きが一番気に入ったようだ。母はザラさんに、作り方を聞いていた。

「メルちゃんの肉団子、おいしいわ」

「ありがとうございます」

一番手間暇かかったので、おいしいと言ってもらえると嬉しくなる。

あっという間に、山盛りの料理は食べ尽くされた。ここまできれいに食べてもらえると、作った甲斐があるというもの。

あとは、ゆっくり眠るだけだ。

アメリアとリーフには、簡易テント的なものを用意してもらった。中には、藁とシーツで作った布団がある。父がアメリアとリーフ用に、ふたつ用意してくれたようだ。

『クエクエ～』

『クエクエ！』

どうやら、お気に召した模様。父にアメリアとリーフはまだ番ではないと話していたからか、寝所は別々に用意してくれた。心遣いに、感謝する。

ザラさんは家を出た兄が使っていた部屋で休む。私は、ミルの布団に潜り込ませてもらった。

ミルの体温が温かくて、すぐに布団の中はぬくぬくになった。

「ねえ、メルお姉ちゃん」

「何？」

「また、帰ってきてね」

「それは、もちろん」

アイスコレッタ卿はフォレ・エルフの森をお気に召した様子だったので、もしかしたら定期的にやってくるかもしれない。そのときに、一緒に連れて行ってもらおう。

「メルお姉ちゃん、絶対だよ？」

「約束するから」

手と手を握って寝転がる。疲れていたからか、すぐに眠ってしまった。朝までぐっすり――と思いきや、夜中にミルから蹴られて、寝台から落ちてしまった。

ミルの寝相が悪いことを、すっかり忘れていた。悲劇を繰り返さないよう、壁際に寄って眠る。


翌日――早朝に村長の家の前に集合した。

皆、ぐっすり眠れたのか、昨日よりは顔色がいい。ランスは弓矢を背負っている。邪龍討伐に同行するようだ。

「あ……ランスさんも、弓使いなんですね」

「俺は魔法弓士だ」

「ま、魔法、弓士、ですか」

「ああ」

ランスは矢筒から矢を引き抜き、ウルガスに見せた。

「鏃に付いているのは魔石で、ここに魔法を付加して放つ」

矢筈に呪文が刻まれており、弦ですることによって魔法が発動されるしくみらしい。詠唱なしで、魔法が完成するのだ。

「わー……」

ウルガスが切なそうな表情となる。同じ弓使いな上に、魔法が使えるのでショックを受けているのかもしれない。

「ウルガス、大丈夫ですよ。魔法矢はたくさん撃てないから、ウルガスと同じような戦略には使えないので」

「そ、そうなのですね。よかったです」

ウルガスが安心したところで、ルードティンク隊長からありがたいお言葉を聞く。

「今回の邪龍討伐は、今までの遠征任務の中でもっとも危険だ。皆、油断するなよ。邪龍討伐が最大の目的だが、今回は生存して戻ることも、任務のひとつとする」

生存すること……！　その言葉は、胸に響く。

私は戦闘の邪魔にならないよう、目立たない行動に努めなければならないだろう。

ベルリー副隊長は、今まで以上に凛とした佇まいでいる。

ガルさんとスラちゃんは、揃ってキリッとした表情を浮かべていた。

ザラさんは、闘志を瞳の中で燃やしているように見えた。

ウルガスは、高鳴る胸を押さえているようだ。

リーゼロッテは、杖をぎゅっと握りしめていた。傍にいるリヒテンベルガー侯爵は、初めて見る身の丈ほどの長い杖を持っていた。本気モードなのだろう。

アイスコレッタ卿は、さすがというべきか、落ち着いていた。とても、邪龍討伐に出かけるようには見えない。同行する先生も、変化は見られなかった。この辺は、年の功なのか。

「では、行くぞ！」

「はい！」

邪龍が封印された祠は、森の奥地にある。先生の転移魔法で連れて行ってくれるようだ。

ドキン、ドキンと胸が鼓動する。とうとう、邪龍と対峙するのだ。

足下に魔法陣が浮かび、一瞬にして景色が変わる。降り立った地は、鬱蒼と木々が重なる暗い森。

そして、蔦が絡まった石造りの建物があった。

空気が、重い。それは、皆の雰囲気から生じたものなのか、森の最深部ともいえる場所の魔力の濃さを感じたからなのか、今の私にはわからない。

逃げ出したくなるような気が、張り巡らされていた。

「これが、邪龍を封印する、石廟、ですか？」

「ええ。奥に、祠があります」

こんなものが、フォレ・エルフの森の奥地にあったなんて。

なんでも、五十年ごとに神子（みこ）を決め、邪龍の気を静める祈祷を行っていたらしい。

「そんなことをしていたなんて、知りませんでした」

「秘密裏に行われていたことですからね」

祈祷は満月の晩に行われ、夜が明けるまで続けられるという。

「たまに、先生が眠そうにしていたのは、祈祷があった翌日だったのですね」

「そうですね」

来年、神子が変わる年だったらしい。大人達の話し合いの中で、ミルがいいのでは、という話が浮上していたようだ。

ランスは複雑そうな表情で、先生の話を聞いていた。村長の孫といえど、知らない情報だったらしい。

「よかったですね。あなたの妹は、神子をせずに済みます」

「え、ええ」

「ただし、邪龍を倒せた場合の話ですが」

その言葉を最後に、先生は石廟の封印を解く呪文を唱え始める。

「リスリス衛生兵、大丈夫か？　顔色が悪い」

「え、ええ。すみません」

衛生兵なのに、具合が悪そうにしているなんて恥ずかしい。しっかりしなければならないだろう。

「おい、リスリス。倒れるときは、申告してから倒れろよ」

そういうときは、申告する余裕なんてないだろう。ルードティンク隊長は、真剣な表情で何を言っているのか。残念なことに、突っ込む元気はいっさいない。

「なるべく、そうします」

そう、答えるしかなかった。

そんな会話をしているうちに、石廟に刻まれた魔法陣が淡く光る。そして、閉ざされた石の扉が、ゴゴゴゴと音を立てながら開いた。

入ってすぐ、階段になっている。先は、暗くてよく見えない。

「内部は雨水が侵食していて、地面には苔が生えています。足下には気を付けてください」

先生は魔法で光球を作り、内部を明るく照らしてくれた。

「ウルガス、リスリス、足を滑らせるなよ」

私とウルガスはうっかり枠なのだろう。揃って注意されてしまった。

階段は人ひとりがかろうじて通れるくらいの広さだった。一段一段が高いようなので、注意して進まなければならない。まず、先頭は先生。次に、アイスコレッタ卿、ルードティンク隊長と続く。

ガルさんはすれ違い様、私の背中を励ますようにポン！　と叩いてくれた。肩にいるスラちゃんは、頑張ろう！　と手を伸ばして応援してくれているような気がした。

「リスリス衛生兵……苔が生えているらしいので、気を付けましょうね」

「はい」

ウルガスは、共に注意しようと声をかけてくれた。ランスは憎たらしい顔で、私を見ながら言った。

「おい、メル。お前が転んだら、先を歩く人も一緒に転がることになるからな。気を付けろよ」

「わかっていますよ」

最後の最後まで、ランスは生意気だ。まあ、らしいと言えばらしいが。

ザラさんはにっこり微笑んで、「大丈夫だから」と励ましてくれる。ちょっとだけ、泣きそうになった。

先生は落ち着いた様子で、声をかけてくれる。

「メル、行きましょう」

「え、ええ」

私とリーゼロッテ、そのあとにリヒテンベルガー侯爵が続く。

「もしもメルが倒れたら、お父様が背負ってくれるらしいわ」

「そ、そうなのですね」

リヒテンベルガー侯爵……怖い顔をしているけれど、意外と優しい。会釈して、感謝の気持ちを伝える。

「いいから、先に進むんだ。前と離れてしまうだろう」

「そ、そうですね」

鞄の中からアルブムも顔を覗かせ、『アルブムチャンモ、応援シテイルヨオ』と声をかけてくれた。

頭を撫でると、『ヒヤアア』と変な鳴き声を上げたので、笑ってしまう。

リヒテンベルガー侯爵のあとに、アメリアとリーフが続いた。最後に、ベルリー副隊長が入ったら、扉は自動的に閉まった。

石廟の内部はかなりじっとり湿っている。分厚い苔が生えているので、滑らないよう気を付けなければ。

ピチャン、ピチャンと水が滴り落ちる音が、響き渡る。

なんというか、不思議な空間だ。一歩、一歩と歩みを進めるごとに、背筋がぞわぞわしてくる。

――タスケテ、タスケテ……！

――クルシイ、クルシイ……！

「きゃあっ！」

「メルちゃん⁉」

誰かが助けを求める声が聞こえ、耳を塞ぐ。

「おい、リスリス、どうしたんだ⁉」

「だ、誰かの、助けを求める声が、聞こえたんです！」

「知り合いか⁉」

質問する内容が、おかしい。知り合いの声が、どうして今聞こえるのだ。

「知らない、子どもや、女性の声、です」

「俺には、聞こえなかったな」

「そ、そう、ですか」

　私のか細い声は反響して、石廟の中に響き渡る。

「メルちゃん。声だけど私にも聞こえたわ。風の音のような小さなものだったから、気のせいだと思っていたけれど」

「ザラさんにも、聞こえたのですね」

「私も、なんか変なガサガサしたものが聞こえたわ」

「リーゼロッテまで」

　他にも、ランスやガルさん、リヒテンベルガー侯爵にも聞こえたらしい。私だけではなく、ホッとしてしまった。

　先生が、声について説明する。

「皆、気にしないことです。それは、生贄となった、フォレ・エルフの声ですので」

「ひええ……」

　先生には、聞こえていたみたいだ。思いがけない声の正体に、全身鳥肌が立ってしまう。

「生贄の適性がある者は、声が聞こえるといいます」

　つまり、ルードティンク隊長は生贄お断りなのだろう。そう考えたら、恐ろしい感情は少しだけ和らいだ。

「なるべく、気にしないように。先を進みますよ」

「はい」

　その後も生贄の声が聞こえた。先生は気にしないようにと言ったけれど、怖いものは怖い。

『パンケーキノ娘ェ、大丈夫？』

「大丈夫ではないです」

『アルブムチャンヲ、ギュットシテイテ、イイカラネ』

お言葉に甘えて、鞄の中からアルブムを取り出し、ぎゅっと抱きしめて耐える。ちょっとだけ、ホッとしたような気がした。

三十分ほど階段を下りた先に、見上げるほど大きな扉があった。この先に、邪龍がいるらしい。

そこは息苦しく、気分が悪くなるような空間だった。ここも扉に封印がかけられているようで、先生は呪文を唱え始める。淡く、魔法陣が光り始めた。

「そういえば――」

ルードティンク隊長が、場違いに明るい声で言った。

「この任務が成功したら、食堂の生涯食べ放題許可証が貰えるらしい」

邪龍退治に同行する報酬が、食堂の食べ放題なんて。笑ってしまう。

「リヒテンベルガー侯爵も、貰えるようだ」

「いらん」

速攻で断るリヒテンベルガー侯爵である。これには、ベルリー副隊長も我慢できなかったらしい。笑っていた。

リヒテンベルガー侯爵が騎士隊の食堂で食事を取っていたら、他の騎士は料理が喉を通りにくくなるだろう。同じテーブルに座る猛者はきっと現れず、ひとりで食べることになるに違いない。

孤独のぼっち飯である。その様子を想像しただけで、ちょっと笑ってしまう。

「まったく、これから邪龍退治に挑むというのに、しようもない話をしてからに」

憤るリヒテンベルガー侯爵の隣で、アイスコレッタ卿がサッと挙手した。

「私も、食堂食べ放題許可証は貰えるのだろうか？」

「アイスコレッタ卿は、欲しいんかーーい!!」

思わず、突っ込んでしまった。私のかーい、かーい、かーいという声が、何度も反響していた。

ずっとずっと、他の人への突っ込みは脳内で我慢していたのに、口から出てしまった。

しかも、初めて突っ込んだ相手は、アイスコレッタ卿である。

冷や汗が垂れた瞬間、アイスコレッタ卿は豪快に笑った。

「騎士隊の食堂の、食べ放題許可証、私もぜひもらいたいぞ」

その言葉に、みんな笑ってしまう。あの強面のリヒテンベルガー侯爵まで、笑っていた。

先生も、呪文を中断して、お腹を抱えて大笑いしている。

こんなの初めてだ。邪龍を恐ろしいと感じる気持ちは、あっという間に吹っ飛んでしまった。

落ち着いたあと、先生は再び呪文を唱える。そして――邪龍を封印する扉が開かれた。

扉の向こうは、かなり広い空間だった。舞踏会が開けそうなくらいである。

先生はひときわ大きな光球を放った。

すると、何か、巨大な岩のようなものがあることに気付く。

「こ、これは……！」

岩ではない。黒く、ごつごつしているが、前脚と後ろ脚、長い尻尾、それから長い首に、頭部にはトゲトゲしたトサカのようなものがあり、ヘビに似た顔と閉ざされた瞼がある。

「もしかして、邪龍、ですか？」

「ええ」

先生が封印の魔法を施し、石化状態にあるという。

生贄を捧げるときは、魔法の檻を作り出し、そこから出られないようにするのだとか。

「――うっ!!」

「リスリス衛生兵!?」

体の力がガクンと抜け、倒れそうになった。近くにいたベルリー副隊長が、体を支えてくれる。

これは、いったい何なのか。昨日はしっかり食事を取ってぐっすり寝て、今日は朝食を食べてきたというのに。

「な、なん……？」

「邪龍が、メルを生贄に定め、魔力を絡みつかせています」

「ひえっ!?」

つまりこれは、邪龍の歓迎の印というわけだ。勘弁してほしい。

「べ、ベルリー副隊長、ちょっと吐きそうなので、その、離れたほうが、いいかと」

「大丈夫だ。吐くと、楽になるかもしれない」

「うう……！」

このまま吐いてもいいだなんて、ベルリー副隊長、優しすぎるだろう。

そっと、誰かが背中に手を当てる。じんわりと、温かい何かが体中に広がっていった。

「――汝、祝福す。不調の因果を癒やしませ」

リヒテンベルガー侯爵の渋い声が聞こえた。初級の回復魔法だ。みるみるうちに、気持ち悪さはなくなっていった。

「どうだ？　効いていないのならば、さらに上級の回復魔法を試すが」

「いえ、よくなりました。ありがとうございます」

深々と頭を下げ、感謝の気持ちを伝える。

「邪龍の封印を解いたら、一番にメルに向かっていくでしょう。もしかしたら、先ほどのように魔力にあてられる可能性は大いにあります」

「私が、足手まといになるのかもしれないのですね」

「ええ」

ならば、どうするのか。話し合った結果――リヒテンベルガー侯爵が私を背負うことに決まった。

どうしてこうなった!!

時間がもったいないので、すぐさま私はリヒテンベルガー侯爵に背負われる。

「ううう、申し訳なさすぎて、爆発してしまいそうです」

「メル、仕方がないじゃない。お父様以上に、邪龍が苦手とする属性を持っている人はいないのだから」

回復魔法を得意とするリヒテンベルガー侯爵は、神に愛されし聖なる力を持っている。邪龍がもっとも嫌うものだ。

そのため、リヒテンベルガー侯爵に背負われている限り、私の安全は確保されるというわけである。

「リヒテンベルガー侯爵、すみません。重たい、ですよね？」

「別に、気にするほど重くはない」

「ひええ……」

リヒテンベルガー侯爵の声色は、いつもより明るい。なぜかと言えば、私を守るように、アメリアとリーフがいるから。

『アルブムチャンモ、パンケーキノ娘ヲ、守ルカラネエ！』

そう言って、アルブムはリーフの頭上に立ち、聖食器ヨク・ターベルを構えていた。

そういえばと思い出す。私のおっさん声の武器は騎士舎の中庭で、洗濯物干しのままだったなと。

私の状態がこんななので、持ち歩いても意味がなかっただろう。どうか、許してほしい。

今回、アイスコレッタ卿から第二遠征部隊が賜った聖なる武器シリーズは、邪龍に大きなダメージを与えることができるだろう。

「では、封印を解きますよ」

先生が杖を地面に叩きつけながら、荒々しく呪文を唱える。キラキラ飛び散っているのは、汗だろう。あの邪龍を封じているのだ。すさまじい魔力を消費しているに違いない。

邪龍を覆っていた封印が、解けていく。ミシミシと音を立て、岩のような肌にヒビが入った。下から覗くのは、黒曜石のような美しい鱗。

どこからともなく、風が巻き上がる。

アイスコレッタ卿はマントを翻しながら、静かに水晶剣（クリスタル・ソード）を引き抜いていた。

戦いが、始まる。

『オオオオオオオオオ！！！』

地面を揺らすほどの、咆哮（ほうこう）だった。邪龍を覆っていた岩肌が、一気に剥がれ落ちる。

グラグラと地面が揺れ、黒い霧のようなものが生じていた。ついに、邪龍の封印が解けたようだ。

『オオオオオ……！！！』

邪龍は大量の血を吐き出す。何か毒が含まれているのだろうか。地面は溶け、黒い霧が濃くなる。

「あれは瘴気です。吸うと、魔力を失ってしまうので、気を付けてください」

体内にある魔力を失うと、人は死んでしまう。つまり、この瘴気は死へと誘う危険なものなのだ。

しかし――リヒテンベルガー侯爵が、ある呪文を唱えた。

杖からまばゆい輝きが生じ、邪龍が生み出した瘴気を祓っていく。

「これは、上級の浄化魔法ですか」

先生でさえ扱うことのできない、上位の光魔法だという。

リヒテンベルガー侯爵は、ただの幻獣大好きおじさんではなかったようだ。

かつては、国王親衛隊の魔法騎士だったという。リーゼロッテの話は本当だったのだ。

瘴気が祓われるのと同時に、邪龍が動き始める。

尾を叩きつけるだけで、地面が割れた。あの一撃を食らったら、ただでは済まされないだろう。

『オオオオオオッ!!』

再び、邪龍は吐血する。黒い血を吐き出し、瘴気を生じさせていた。すかさず、リヒテンベルガー侯爵は本日二回目の浄化魔法を発動させる。

光魔法の輝きによって、瘴気は祓われる。

リヒテンベルガー侯爵は二回も大きな魔法を発動したからか、咳き込んでいた。口を押さえていたが、離した白い手袋には血が滲んでいた。

「うわ、侯爵様、大丈夫ですか？」

「大きな魔法を使ったのは、久しいからな。気にすることではない」

大丈夫、とは返さなかった。声もガサガサである。きっと、辛いのだろう。

そういえばと思い出す。私が作った料理には、元気になる付加魔法がかかっていると。ベルトに下げていた革袋から、一粒の飴を取り出す。

これは遠征の前日に作った、蜂蜜（ミエレ）入りの飴だ。油紙を開き、リヒテンベルガー侯爵の口元へと持って行った。

「侯爵様、これを舐めたら、喉が少しだけ楽になるかもしれません」

「……」

リヒテンベルガー侯爵は飴を受け取り、食べてくれた。アルブムが羨ましそうな目で見つめるので、ひとつわけてあげる。

というか、邪龍がいるこの場で、食べ物を羨ましがる余裕があるアルブムは、かなりの大物なのかもしれない。

アイスコレッタ卿の足下に、魔法陣が浮かんでいた。何か、魔法を発動させようとしているのか。

第二部隊のみんなとランスが、邪龍の気を引いている。

ルードティンク隊長は聖剣『デュモルティエライト』で、果敢に切りつけている。

やはり、邪龍は聖なる武器が苦手なのだろう。大げさなくらい、回避していた。

その避けた先で、ガルさんが聖槍『スタウロライト』で突く。しかし、尾で弾かれていた。

ガルさんは邪龍の尾と張り合う気はさらさらないようで、槍を手放す。天高く上がったが、スラちゃんが槍に巻き付いていたようで、手元に戻ってきていた。さすがの戦略である。

邪龍の動きは遅い。のたのたと動き、尾を使って攻撃する。よくよく見たら、翼には杭のようなものが打たれていた。翼の動きを封じられているので、思うように動けないのかもしれない。

邪龍の死角から、ベルリー副隊長が聖双剣『フェカナイト』で切りつける。

『オオオオオオオオオッ!!』

首筋を切り裂いたように見えたが、ひっかき傷のようなものしかできなかった。

ただ、邪龍は痛がっているように見える。

ウルガスが聖弓『サーペンティン』でベルリー副隊長が付けた傷に矢を打ち込んだ。見事命中したが、出血などは見られない。代わりに、白い煙がごうごうと漂っている。

「侯爵様、あれは、なんですか?」

「悪い物質ではない」

「だったらいいのですが」

邪龍は尾を何度も何度も地面に打ち付ける。割れた地面が、石つぶてとなって飛散していた。

ルードティンク隊長は魔物も回れ右して逃げるような山賊顔で、悪態をついていた。

「クソ、地味な攻撃をしやがる!」

一方で、ザラさんは聖斧『ロードクロサイト』を盾のようにして接近した。邪龍を狙わず、地面に埋め込むように刃先を叩きつける。柄から伸びた薔薇(ローゼ)の蔓が、邪龍の尾に巻き付いた。

武器を犠牲に、尾の動きを封じることに成功していた。

『オオオ、オオオオ!!』

尾を動かして拘束を解こうとしているところに、ランスが火魔法を付加させた矢を放つ。邪龍の足を縫い付けるように、刺さっていた。続けて、リーゼロッテが聖杖『オーピメント』で火魔法を放ち、ランスが放った火の勢いを炎に変えていた。

「総員、撤退ッ!!」

ルードティンク隊長は撤退命令を下す。時間稼ぎは終わりのようだ。

前衛に残ったのは、アイスコレッタ卿だけである。

水晶剣(クリスタル・ソード)を振り上げると、光の柱が浮かび上がった。

「こ、侯爵様、あ、あれは、なんですか⁉」

「大英雄の、一撃必殺魔法だろう。あれを使える者が、現代にいたとは。強力な輝きを放つゆえ、目を閉じていたほうがいい」

リヒテンベルガー侯爵に言われた通り、ぎゅっと目を閉じる。

邪龍がもっとも苦手とする、光魔法をアイスコレッタ卿は発動させた。

「――生命の輝きよ、爆(は)ぜろ！」

瞼を閉じているのに、眩しいと感じてしまう。邪龍の断末魔の叫びが、聞こえていた。

『オオオオオオオオオ！！！』

邪龍は、アイスコレッタ卿が生み出した光に呑み込まれたようだ。

光が収まったようなので、瞼を開く。そこには、邪龍の姿はない。膝を突いたアイスコレッタ卿の姿のみあった。

「アイスコレッタ卿!!」

リヒテンベルガー侯爵の背中から下り、駆け寄って肩を支える。

「アイスコレッタ卿、大丈夫ですか？」

「ああ、問題ない。しばし、魔力を使いすぎたゆえ」

魔力の消費は、魔法では回復できない。それでも、気休めにはなると言って、リヒテンベルガー侯爵はアイスコレッタ卿に回復魔法を施した。

「すまぬ。温かくて、心地よい魔法よ」

そう言ったが、アイスコレッタ卿は立ち上がることはできない。どうすればいいのか。

コメルヴも葉っぱの力で元気にさせることができず、アイスコレッタ卿の肩の上でしょんぼりしていた。

「魔力は、魔法で回復できないですものね……」

「回復……そうだ。おい、リスリス！」

「な、なんでしょう⁉」

リヒテンベルガー侯爵に名前を呼ばれ、背筋がピーンと伸びてしまう。

「先ほどの飴を、卿に差し上げるのだ」

「あ、飴って、さっき、侯爵様に差し上げたものですか？」

「他に何があるというのだ！　いいから、早く差し上げろ」

なんでも、蜂蜜(ミエレ)入りの飴を食べた途端、魔力を失った際に感じる倦怠感がなくなったらしい。まさか、あの飴に、そんな力があったなんて。

「え、えーっと……」

革袋を探ったが、飴は入っていなかった。失敗したので、他の隊員にも配っていない。

「すみません、飴は、切らしていて。さっき、アルブムにあげたもので最後だったようで」

視線が、アルブムに集中する。

『エッ⁉』

アルブムはぎゅっと、紙に包まれた飴を抱きしめていたが――注目に耐えきれなかったのか、アイスコレッタ卿のほうへやってきて差し出していた。

『ド、ドウゾ』

「すまぬ」

アイスコレッタ卿は飴を受け取る元気もないようなので、私が手に取って口元まで運んだ。

「いえいえ」

飴を口に含んだ瞬間、カサカサで紫色だったアイスコレッタ卿の唇に赤みが差す。

「これは、驚いたな」

すぐさま、アイスコレッタ卿は立ち上がった。失った魔力が、体内に戻ってきたという。

「この飴は、どこで入手したのだ？　魔力を回復する飴なんて、ありえない」

「あ、これは、私が作った飴なのですが」

「何？　メル嬢が作っただと？」

「はい」

ここで、リヒテンベルガー侯爵が私の持つ力について、説明してくれた。

「以前、魔法使いの村に赴き、リスリスの魔力の性質について調べさせてもらった。すると、彼女には、作った料理に〝元気になる力〟を付加できる力があることが、明らかとなった」

「元気になる力、か」

「しかし、その認識は誤りで、もしかしたら作った物によって、さまざまな効果が現れるのかもしれない」

「ほう。それは、すばらしい魔法だ」

アイスコレッタ卿は私の手を握り、頭を下げる。

「メル嬢、ありがとう。元気になったぞ」

「い、いえ」

リヒテンベルガー侯爵は忠告する。この件は、黙っていたほうがいいと。

「判明すれば、国はお前をいいように使うだろう。私の力を、便利な物として使っていた時のように、な」

かつて、国一番の回復魔法の遣い手として名を馳せていたリヒテンベルガー侯爵の言葉は、重くのしかかる。それに対し、アイスコレッタ卿も同意を示した。

「私も、リヒテンベルガー侯爵と似たような境遇にあった。大英雄と呼ばれ、国の便利屋として働かされていたのだ」

「そ、そんな……！」

アイスコレッタ卿みたいなすばらしい御方を、便利屋扱いするなんて。言葉を失ってしまう。

「私は今、自分だけの人生を楽しんでいる。その中で、大切に思う人だけを守りたい。メル嬢も、その力は己の大事な人だけに、使うとよい」

アイスコレッタ卿の言葉に、私は深々と頷いた。


そんなわけで、長年先生とフォレ・エルフを苦しめていた邪龍は討伐された。

邪龍はいないが、今後も祈祷は続けていくという。

ランスは石廟を前に、ぽつりと呟いた。

「邪龍がいたという話は、今後、隠さないほうがいいと思う。こんな歴史があって、犠牲になった人がいて、俺達は生きている。感謝と鎮魂の祈りを、捧げ続けないといけないだろう」

「そう、ですね」

さらりと流れる風は、どこか温かさを含んでいた。

もうすぐ、フォレ・エルフの森に春が訪れる。

たくさんの花に囲まれた中で、どうか安らかに眠ってほしいと祈りを捧げた。

＊

それから、村長一家の動きは速かった。皆を集め、邪龍との歴史について語る。

「悪しきものは邪龍ではなく、我々の持つ心だった。それだけは、胸に刻んでおいてほしい——」

婚約制度はなくなり、今後は好きな者同士で結婚するようにと村長は言う。

この先、フォレ・エルフ達はどうなるのだろうか。まったくわからないが、悪いほうへ進むことはないだろう。

もう、邪龍はいないのだから。

エノク第二部隊の
遠征ごはん
Enoku Dai Ni Butai No Ensei Gohan

挿話　パンケーキの娘とアルブム

この世界には、二種類の妖精がいる。

妖精界に棲み、人に召喚されたときだけ現れるもの。

人間界に棲み、人と共存するもの。

そのふたつの妖精の間に、妖精界に棲んでいるか、いないか以外の大きな違いはない。妖精は妖精なのだ。

イタチ妖精のアルブムは、人間界に棲む妖精である。

彼の場合は少し変わっていた。人と契約を結んでいるのだ。さらに、騎士隊エノクに出入りし、任務に協力することとなる。

ただ、アルブムは騎士と契約しているわけではない。勝手にやってきて、勝手に任務について行っているだけだ。

なぜ、そのようなことをしているのか。話は一年前に遡る。


当時のアルブムは名もなきイタチ妖精。

とある森で、もっとも力を持つ存在だった。そのため、森の妖精を使役し、食料を集めてくるように命じ、のんびり暮らしていた。

毎日毎日、森で採れるキノコや木の実、若い木の芽などを食べる毎日であったが、ある日、森の妖精はいつもと異なる食べ物を持ってくる。

それは、人が作った『パン』と呼ばれるものだった。商人か誰かが、森を通った際に落としたものだったのだろう。

初めて見るパンを警戒し、しばらく口にしなかった。小麦の香ばしい匂いがしていたが、それ以外に感じる濃厚な香りには覚えがない。その上、人が作ったものは毒であると考えていたのだ。

ある日、森に雪が降った。それは三日、四日と続き、森で食料が採れなくなってしまった。そのため、パンを口にするしかなくなった。

すっかり固くなったパンだったが、木の皮から枝までなんでも食べるイタチ妖精の顎は難なく噛み切る。木の実のように、パンは表皮と中の色が違っていた。白い部分は、さらに小麦とよくわからない素材の匂いを感じた。それがどうしてか、とてもおいしそうだと思ってしまう。

迷わず、パンを口にした。表皮はカリカリしていて香ばしく、中はむっちりと歯ごたえがあった。噛めば噛むほど、味わい深い。こんな食べ物は、森に自生していなかった。

初めて、人の食べ物を口にした。森に自生する食べ物しか知らなかったので、あまりにも衝撃的だった。

それからさらに雪が深くなり、食べ物が採れなくなる。毎年、この期間は木の皮や枝を食べ、樹液を舐めて暮らす毎日であった。

冬の樹液は格別だ。寒さで糖度を増した樹液が固まり、飴のようになっているのだ。そのような状態になると、木の皮や枝まで甘くなる。

しかし、冬の樹液よりもおいしいものを知ってしまった。そのため、ごちそうだったはずの樹液を舐めても、物足りなく感じるようになったのだ。

パンを食べたい。あの、香ばしさと、濃厚な風味がある、パンを。

人が作ったパンへの思いは、日に日に強くなっていった。

ある日、森に人がやってきた。大きな銃を背負っている。あれは、森に棲む獣を屠る狩人である。

この森は人の領地で、冬になるとああやって狩りをしに訪れるのだ。

荷物を開けた場所に置き、狩りに出かける。その瞬間を、見逃さなかった。

鞄を漁り、パンが入っていないか探る。あの、パンから香っていた濃厚な匂いが周囲に漂っていたのだ。

すぐに、目的の品は発見できた。それは、鉄の箱の中に入っていた。

それを抱えて、木をくり抜いて作った住み処に持ち込む。

鉄の箱の開封に苦労したが、なんとか空けることができた。中に入っていたのはパンではない。

月のように丸くて、甘い匂いがするものだった。半分に割ると、表面と同じ色合いである。

ただ、パンに似た濃厚な香りが漂っていた。初めて見る食べ物だったが、躊躇することなく食べはじめた。

それはサクサクで、サクサクで、とにかくサクサクだった。パンよりも甘く、濃厚な風味も強い。

夢中になって、サクサクの食べ物を口に運んでいった。

完食したあと、狩人のところに行くと、「クッキーがない!!」と叫んでいた。

どうやら、先ほどの食べ物は『クッキー』という名前であることが明らかとなった。

パンよりも、甘いクッキーのほうが好きだった。

やはり、人の食べ物はおいしい。木の実やキノコにはない、深い味わいがある。

もっともっと、人の食べ物を食べたかった。

以降、森で採れる食べ物に目もくれず、人の食べ物ばかり狙うようになった。

樹液がたくさん採れるこの森は、人の所有領である。そのため、季節によっては多くの人々が行き来するのだ。

春になれば、樹液が液体化する。それを目的に、人がどっと押し寄せていた。またとない、機会である。

放置された荷物を狙い、時には森の妖精に命令しつつ、人の食料を漁っていた。

しっかり味付けされた『ソーセージ』に、熟成された『ベーコン』、薄くスライスされた『ハム』、どれも、夢中になるほどおいしかった。

けれど、もっとも好んだのは、『バター』をたっぷり使った菓子である。

パンやクッキーに入っていた濃厚な香りや風味は、バターによるものだったのだ。

会話から、どんどん人が好む食材や食べ物について知っていく。

夏になり、森は閑散となる。樹液のシーズンは終わり、禁猟となっているので、ほとんど人が立ち寄ることはない。

そんな中で、週に一度の頻度で人が訪れる。見回りをしているようで、荷物をどこかに下ろすことはない。

銃を背負い、腰にはナイフを携帯している。もしも捕まったら、毛皮を剥がれてしまうだろう。

けれど、食べ物に対する欲望は抑えきれない。

初めて、人の鞄に飛び乗って、食べ物を直接盗んだ。

それが成功してしまったのがよくなかったのだろう。味をしめてしまった。

人は妖精を恐れているのか、対峙しても攻撃してこない。自身だけでなく、森の妖精にも人から食べ物を盗むよう強制するようになった。

完全に、調子に乗っていた。しかし、一年と経たずに罰が与えられる。

森に騎士が派遣され、あっさりと捕まってしまった。

人の世界は、悪さはできないように作られている。干渉した結果、身をもって痛感することとなった。

悪さをするイタチ妖精を捕まえたのは、騎士隊エノクの第二遠征部隊である。山賊のような隊長に、男装の麗人の副隊長、狼獣人に、女装の麗人、普通の男の子に、幻獣愛好家の眼鏡令嬢、フォレ・エルフで構成された、変わっている部隊であった。

その中で、フォレ・エルフの作るパンケーキがどうしてもおいしそうで、食べたくてたまらなかった。

しかし、悪さをしていたイタチ妖精の口にはまったく、これっぽっちも入らなかったのである。

革袋に入れられ、運ばれる中でも、脳内はパンケーキのことでいっぱいだった。

パンケーキが食べたい、パンケーキが食べたい……パンケーキが、どうしても食べたい、と。

ほんのちょっとだけ、もしかしたら殺されて、毛皮を剥がれるのではないか、という恐怖もあった。

しかしそれも、パンケーキを欲する強い心が、薄めてくれた。

数時間経って、ようやく最低最悪の事態を自覚する。鉄臭いカゴの中に入れられ、空腹に耐えられず暴れ回った。

その結果、堅気の人間とは思えない、強面の中年男性のもとへ連れて行かれてしまったのだ。

中年男性は、イタチ妖精を目にした瞬間、「これは幻獣ではない！」と世にも恐ろしい顔で叫んだ。

彼は幻獣を保護、研究する施設機関『幻獣保護局』の局長、マリウス・リヒテンベルガーである。

幻獣の疑いがあるため、連れて来られたのだ。

ここで受け取りを拒否されたら、魔物研究局に押しつけるしかない。それを耳にした瞬間、叫んだ。自分は、魔物ではなく妖精族である、と。

殺さないでくれ、ただ、お腹が空いているだけだと訴えたら、リヒテンベルガー侯爵はある条件を出す。

悪さをしないのであれば、契約を交わした上で自由の身にさせてやる、と。三食付きだと聞いて、迷わず契約することを誓った。

契約後、イタチ妖精に名前が与えられた。古代語で〝白〟を意味する『アルブム』という名を。

以降、アルブムはリヒテンベルガー侯爵の家で暮らすこととなる。

鉄臭いカゴの中で過ごすものだと思っていたが、行動に制限はなかった。ただし、リヒテンベルガー侯爵邸から出られなかったが。脱出防止の魔法がかけられていたのだ。

食事は使用人が用意してくれる。木の実や果物を差し出してくれたが、アルブムは人が作った料理が食べたいと訴えた。

リヒテンベルガー侯爵が許可してくれたので、パンや菓子にありつくことができたのだ。

怖い顔をしているが、意外と話が分かる男だったわけである。

朝はバターをたっぷり塗ったパンと濃厚な山栗(ルマロン)のポタージュを飲み、カリカリに焼かれたベーコンを囓る。昼は、肉汁滴る分厚い肉が挟まれたサンドイッチと、カラッと揚げられた丸芋(ポトト)にかぶりつき、夜は上品なソースがかかった魚の炙り焼きに、口直しの氷菓(グラース)、三角牛(カローヴァ)のワイン煮込みをお腹いっぱい食べた。

リヒテンベルガー侯爵邸で出される料理は、今までアルブムが食べたことがないくらい贅沢なものだったのである。

しかし、アルブムの中に、いまだパンケーキを食べたい欲が渦巻いていた。

ある日、アルブムはリヒテンベルガー侯爵家の料理長に、パンケーキを焼いてもらうように頼んだ。

心優しい料理長は、リヒテンベルガー侯爵の頼みでもないのに、アルブムにパンケーキを作ってくれた。

焼きたてのパンケーキは、甘くいい匂いがする。アルブムは唾液をゴクンと飲み込んだ。

完成したばかりのパンケーキの上にバターが置かれ、さらに蜂蜜（ミエレ）が垂らされる。

ずっと求めていたパンケーキが、アルブムの目の前にあった。

料理長が一口大にカットしてくれたパンケーキを掴み、頬張った。

初めて食べるパンケーキはふかふかで、夢のように甘くて、優しい味がする。子どものころの、家族のぬくもりに包まれているような、幸せのひとときを味わった。

アルブムは手や口回りを、蜂蜜だらけにしながら夢中になってパンケーキを食べた。それほど、パンケーキはおいしい食べ物だったのだ。

このパンケーキをアルブムに与えず、自分達だけで食べた騎士はなんて意地悪だったのか。そんなことを思うほどである。

きれいに平らげたあとで、ふと思う。パンケーキは最高においしかった。けれど、あのフォレ・エルフの娘が作ったパンケーキは、もっとおいしいのではないかと。

しかし、パンケーキを上手に焼くフォレ・エルフの娘が、どこにいるのかアルブムは知らない。

ただ、思い出す。リヒテンベルガー侯爵の娘リーゼロッテが、パンケーキを上手に焼くフォレ・エルフの娘、略して『パンケーキの娘』と一緒の部隊にいたような気がすると。

パンケーキの娘の情報を聞こうと、アルブムは帰宅してきたリーゼロッテのもとへ駆けて行った。

きっと、彼女について話してくれるだろうと、確信しながら。

アルブムは若い娘受けがよかった。どこに行っても、可愛い、可愛いとチヤホヤしてもらえるのだ。

リヒテンベルガー侯爵の娘リーゼロッテも、アルブムを可愛い、可愛いと言いながら、パンケーキの娘についての情報を提供してくれるだろう。

そんなアルブムの考えは、甘かったのだ。

帰ってくるなり接近してきたアルブムに、リーゼロッテは冷ややかな視線を投げかけるばかりであった。

アルブムは涙目になり、その場を去った。リーゼロッテには近づかないでおこうと誓った日の話である。

それから、心優しいリヒテンベルガー侯爵家の人々は、アルブムにパンケーキを用意してくれるようになった。おいしく食べていたが、それでも、アルブムの心の中にはあの、パンケーキの娘が作ったパンケーキが残っていた。

『パンケーキガ、食ベタイ……パンケーキガ、食ベタイ。タダシ、パンケーキノ娘ガ焼イタ、パンケーキガ食ベタイノダー……！』

と、パンケーキの娘についての寝言を呟く夜もあった。

そんなアルブムに、転機の日が訪れる。あの、パンケーキの娘が、アルブムを訪ねてきたのだ。なんでも、食材探しをするので、手を貸して欲しいと。

アルブムは交換条件に、パンケーキを所望した。パンケーキの娘は、二つ返事で承諾する。

そんなわけで、アルブムは久しぶりに外にでた。もしも逃げたら、首が絞まる酷い首輪を巻かれながら。

もちろん、逃げつもりは毛頭ない。真面目に食材を探した。

無事、食材を発見したら、パンケーキの娘は約束を守り、パンケーキを焼いてくれたのだ。

パンケーキの娘が作るパンケーキは、リヒテンベルガー侯爵家の料理長が作ったものほどふかふかに膨らまない。ぺったりと、薄いパンケーキだ。それを、三段重ねにしていた。

たっぷりと樹液を煮詰めたシロップをかけたら、パンケーキの娘特製『パンケーキ』の完成である。

甘い香りを目一杯吸い込んだ。春の、森の匂いがした。

もう戻れない森を思い出し、胸がきゅんとする。

もしも戻れる日が訪れたら、一番に森の妖精に謝ろう。そんなことを思いながら、アルブムは待望のパンケーキを口にする。

『ム、ムワーーーッ!!』

端はサクサク、表面は香ばしく焼かれ、中の生地は密度が高くむっちりしていた。

ふわふわのパンケーキよりも食べ応えがあり、アルブムはどんどんパクパク食べる。

『オッイシーイ!!』

それは、世界一おいしいパンケーキだった。

以降、アルブムはパンケーキの娘が作ったパンケーキが食べたくて仕方がなくなる。

どうにかして食べたいと思ったが、パンケーキの娘はなかなかリヒテンベルガー侯爵家へ遊びにやってこない。

唯一接点があるリーゼロッテに懇願なんてできるわけがない。ジロリと睨まれて、終わりだろう。

ある日の晩、アルブムは一ヶ月の給料を受け取る使用人の姿を見かけた。

働いたら、報酬が貰える。

同じように、パンケーキの娘の傍で何か手伝いをしたら、パンケーキを焼いてもらえるのではないかと、気付いてしまったのだ。

アルブムの行動は早かった。リヒテンベルガー侯爵に頼み込み、パンケーキの娘の仕事を手伝いたいと訴えた。

この前、パンケーキの娘が来た時に拾った鷹獅子(グリフォン)の羽根をちらつかせると、すぐに承諾してくれた。

晴れてアルブムは、パンケーキの娘の傍で手伝いをすることとなったのだ。

それからアルブムは、パンケーキの娘の傍でさまざまなものを学ぶ。

まず、料理は誰かと一緒に味わったほうが、おいしいということ。

「おいしいね」と言ったら「おいしいね」と返す。そのことによって、さらにおいしく感じるのだ。

料理の手伝いは、皿運びから始まった。時に、落として割ってしまったり、持ってくる枚数が少なかったりと、失敗を繰り返す。

パンケーキの娘はアルブムを注意したが、どれだけ失敗しても見捨てなかった。優しく、こうすればいいと教えてくれた。

アルブムはパンケーキの娘から、優しさというものを学ぶ。

人は優しく接すれば、同じように優しさを返してくれる。アルブムは、他人に優しくすることを覚えた。

しだいに、リヒテンベルガー侯爵家で過ごすよりも、パンケーキの娘の傍にいる時間のほうが長くなる。

騎士隊の一員として、頑張っているつもりだった。

けれど――ある日、疎外感を覚えてしまう。

それは、パンケーキの娘が新しく契約した、黒い鷹獅子の登場がきっかけだった。

黒い鷹獅子は、パンケーキの娘の傍にいたがるアルブムを牽制する。契約しているわけでもないのに、図々しいのではないかと指摘された。

黒い鷹獅子の言うことは、間違いではなかった。アルブムと契約を交わしているのは、リヒテンベルガー侯爵である。本来ならば、リヒテンベルガー侯爵の傍にいるべきなのだ。

パンケーキの娘は優しいから、アルブムを許してくれている状態なのだと気付いてしまった。

新参者に言われて、面白くない気持ちは大いにある。

しかし、アルブムとパンケーキの娘の間に、繋がりは何一つなかった。

ある日の朝、アルブムは見てしまった。愛おしそうに、黒い鷹獅子（グリフォン）をブラッシングするパンケーキの娘の姿を。

黒い鷹獅子よりも長い間傍にいたのに、あのような目で見られたこともなければ、ブラッシングをしてもらった記憶もない。

もう、見ていられない。そう思ったアルブムは、その場を去ってしまう。

たどり着いた先は、リヒテンベルガー侯爵邸だ。本来ならば、ここしかアルブムの居場所はないのだろう。

トボトボ歩いていたら、偶然出会ったリヒテンベルガー侯爵がアルブムを抱き上げる。

『ヒエエエエ、怖イイイイ!!』

「誰が怖いというのだ。私はお前の契約主だろう？」

『声モ、怖イイイイ!!』

「まったく、なんて失礼なヤツなのか」

リヒテンベルガー侯爵はアルブムを執務室に連れて帰り、テーブルの上に置いた。

『アルブムチャンハ、オイシク、ナインダヨオオ。食ベナイデエエエ……』

「馬鹿な。食べるわけがないのに」

リヒテンベルガー侯爵はふうとため息を落とし、地を這うような低い声で話し始める。

「お前のことを、騎士隊関係者が褒めていた」

『へ？』

「主人のいない騎士隊で、よく働いていると」

『ア……ソウナンダ。ウン。マアー……、ネ！』

パンケーキの娘の傍にいたら、パンケーキが食べられるかもしれない。そんな下心から始めた第二遠征部隊の手伝いだったが、アルブムはパンケーキの娘と愉快な仲間達との任務を思いの外楽しんでいた。

しかし、もう第二部隊にアルブムの居場所はない。ここで、大人しくしているしかないのだ。

「もう、悪さはしないだろう？」

『シナイ。イイコトヲシタホウガ、〝得〟、ダカラ』

「わかった。ならば、お前を縛る契約を解いてやろう」

『エ？』

アルブムは信じられない発言を耳にする。『ナ、ナンダッテ⁉』と聞き返したら、面倒くさそうに言い直してくれた。

「お前を、自由にしてやると言ったのだ」

リヒテンベルガー侯爵はそう宣言し、アルブムの額に大きな手を添える。

意外と、温かい手だった。そんなことを考えていると、魔法陣が浮かび上がり、パチンと弾けた。

『ヘアッ⁉』

今まで感じていた、魔力の制限がなくなっていく。リヒテンベルガー侯爵は本当に、アルブムとの契約を解除したようだ。

『エ、イ、イイノ⁉』

「いいと言っている」

『ア……ウン。エット……ソノ、オ世話ニ、ナリマシタ』

アルブムは頭を深々と下げる。リヒテンベルガー侯爵は顔も雰囲気も声も怖い人だったが、実際は怖くなかった。

特に何かを命令することもなく、かといって狭い鉄カゴに閉じ込めることもしない。パンケーキの娘の手伝いをしたいと訴えたら、外出の許可を出してくれた。

怖いのは外見と声だけで、実際は心優しい人だったのだ。

「いつまでそこにいる？　早く、行け」

『ヒ、ヒイイイ～～！』

前言撤回。アルブムはリヒテンベルガー侯爵のもとから走って去りながら、やっぱり怖いと叫んだのだった。


私室に戻り、荷物をまとめる。そこまで、多いわけではない。

パンケーキの娘が作ってくれたエプロンに、聖食器ヨク・ターベル、それから非常食の木の実が数個。それだけだ。

唐草模様の布に包み、背負った。

使用人達は、ニコニコしながら「どこに出かけるの？」と質問してくる。リヒテンベルガー侯爵と契約を解除したことを知らないのだろう。

別れの言葉を言おうとしたが、声が震えてしまった。もう会えないなんて、悲しすぎる。

アルブムは震える声で、『チョット、ソコマデ』と答えるばかりにしておいた。

速歩(はやあし)でリヒテンベルガー侯爵邸をあとにした。大きな屋敷と庭を振り返る。

皆、優しい人ばかりだった。リヒテンベルガー侯爵とその娘リーゼロッテを除いて。

瞳がうるうる潤んでしまう。涙を零す前に、敷地内から飛び出した。

これから、どうしようか。そんなことを、アルブムは歩きながら考える。

樹液の豊富な森に、帰るしかないだろう。森の妖精達に謝って、一緒に暮らすことを許してもらわなければならない。

それとも、仲間が多くいる森を探そうか。家族とは生き別れになったが、どこかにイタチ妖精がたくさん棲む森があるかもしれない。探してみるのも、いいだろう。

仲間という言葉で、第二遠征部隊の隊員の顔が浮かんだ。

山賊みたいな隊長は、アルブムが任務に参加するのを許してくれる、心の広い男だった。

副隊長のベルリーは、たまに頭を優しくよしよししてくれた。

狼獣人のガルは、アルブムに菓子を分けてくれる日もあった。

普通の男の子であるウルガスは、アルブムと遊んでくれた。

女装の麗人であるザラは、アルブムの話し相手になってくれた。

幻獣愛好家の眼鏡令嬢ことリーゼロッテは、ここ最近は冷たい目でアルブムを見なくなった。

騎士ではないが、第二遠征部隊の専属メイドであるシャルロットも、アルブムに「またお腹空いているの～？」と明るく声をかけ、自らの分の菓子を分けてくれた。

そして、パンケーキの娘メルは、いつでもアルブムに優しかった。

別れは、辛い。リヒテンベルガー侯爵家の使用人とでさえ、あんなにも辛かったのだ。長い時間一緒にいたパンケーキの娘と別れるのは、身が引き裂かれるほど辛いだろう。

何も言わないで去ったほうが、悲しくない。そう決心して一歩踏み出そうとしたけれど、それだけで涙が零れてしまった。

やはり、一言挨拶してから、王都を去ろう。そう思ったアルブムは、回れ右をした。

第二遠征部隊の騎士舎を目指して、全力疾走する。

パンケーキの娘は――いた。厨房で何かを作っている。甘い匂いが、ふんわり漂っていた。

どうやら、遠征に持って行くビスケットを焼いているようだ。

そっと中に入ったら、すぐに気付かれた。

「あ！　アルブム。また、来たのですね？」

『ア、ウン』

調理台の上に跳び乗ると、パンケーキの娘が微笑みながらアルブムを見る。

「今日は、遠征用の保存食なので、味見はできないですよ」

『ウン』

パンケーキの娘に会っただけなのに、すでに泣きそうになっていた。アルブムは手をばたつかせ、必死に別れの言葉を口にしようとするが、なかなか出てこない。

「アルブム、どうかしたのですか？」

『エ？』

「なんか、おかしいですよ？　お腹が空いているのですか？」

『ウ、ウウン。違ウヨ。違ウ……』

「何か、落ちている物でも食べたんでしょう?」

『食べテイナイヨ。大丈夫』

「食欲がないのですか?」

『ソウイウワケデモ、ナクッテ』

「だったら、どうしたって言うんですか」

『ナンデモナイ』

そう言った瞬間、アルブムの腹がぐーっと鳴った。そういえばと思い出す。昼食を食べていなかった、と。

「ほら!　やっぱりお腹空いているんじゃないですか!」

『ウウッ……』

非常食の木の実でも食べよう。そう思っていたら、パンケーキの娘が思いがけないことを言った。

「待ってくださいね。今からパンケーキを焼きますから」

『エ!?』

「お腹が空いているんでしょう?」

『ウ、ウン。ダケド』

「だけど?」

『アルブムチャン、パンケーキノ娘ト、契約シテイルワケデハナイシ、悪イナト』

「今更何を気にしているんですか。散々、私の料理を食べてきたくせに」

今は休憩時間なので、問題ないと言う。

「だから、一緒に食べましょう?」

『ウ、ウン』

パンケーキの娘が焼いたパンケーキを食べるのも、今日が最後だろう。アルブムはお言葉に甘えることにした。

『アルブムチャンモ、手伝ウヨ』

「ありがとうございます。では、卵を持ってきてもらえますか？」

『ワカッタ』

小麦粉にふくらし粉を加えたものを、ふるいにかける。これに、砂糖と卵、溶かしバターを混ぜたものを加え、ふんわりとかき混ぜる。この生地を、焼くのだ。

バターを落とし、溶かしたものを広げていく。バターがふつふつと音を鳴らし始めたら、生地を注ぐのだ。

鍋の中に、小さなパンケーキをふたつ焼いた。

甘い匂いが、漂ってくる。生地の表面に気泡が浮かんできたら、裏返すのだ。

こんがりと、きれいな焼き色が付いていた。

『ハア～、イイ匂イ』

「ですね。どんどん焼いちゃいましょう！」

焼き上がったパンケーキを、二段、三段、四段、五段と、次から次へと皿に積んでいく。

『エエ～～ソンナニ、盛ル～～？』

「一枚が小さいので、食べられますよ」

『ソウカナ～、食ベラレナカッタラ、ドウシヨウ～～』

そんなことを言っていたら、パンケーキの娘は大笑いする。

「アルブムに限って、食べられないとかないですよ。笑わせないでくださいよ」

『エ、今ノ、面白カッタ？』

「ええ」

楽しそうなパンケーキの娘を見ながら、アルブムはこの時間が永遠に続けばいいのにと思う。

「よし、全部焼けたっと。仕上げは、これ！」

パンケーキの娘は、樹液を煮詰めたシロップを、たっぷりパンケーキに垂らしていた。

春の森の匂いがして、アルブムの胸はきゅんと切なくなる。

アルブムの分は食べやすいよう、四等分に切ってくれた。

「では、食べましょうか！」

『ウン！』

パンケーキを手に取って、頬張った。甘くて、むっちり歯ごたえがあって、とてもおいしい。アルブムの目から、涙がポロポロと零れてきた。

「ちょっとアルブム。なんで泣いているんですか？」

『パンケーキノ娘ノ、パンケーキガ、オイシクッテ……！』

「アルブムったら、それだけで泣くなんて、大げさですね」

『デモ、本当ニ、オイシイノ』

「そうですか。たくさん、食べてくださいね」

『アリガトウ』

それから、無言でパンケーキを食べる。ちょっぴり涙の味がしたのは、内緒だ。

アルブムが大泣きしたので、パンケーキの娘は気の毒に思ったのだろう。追加でパンケーキを焼き、アルブムが背負っていた唐草模様の布に包んでくれた。

「一気に食べたら、お腹を壊しますからね」

『ワカッタ』

「また今度、作ってあげますから」

『……ウン。アリガトウ』

今度はない。胸が、切なくなる。

唐草模様の包みをしっかり背負い、パンケーキの娘に深々と頭を下げた。

『アノ、ジャアネ。オ世話ニ、ナリマシタ』

「大げさですね。パンケーキを焼いてあげたくらいで」

『スゴク……嬉シカッタカラ……！』

もうこれ以上喋っていても、辛くなるばかりだ。アルブムは嗚咽するのを我慢し、台所から飛び出そうとする。

「あ、ちょっと待ってください！」

『ナ、何？　アルブムチャン、忙シインデスケレド』

「忙しいわけないでしょうが」

いつまでもアルブムが振り向かないからか、パンケーキの娘はアルブムを抱き上げる。

「うわっ、どうしたんですか⁉　涙で顔をぐちゃぐちゃにして」

『パ、パンケーキノ娘ノ、パンケーキガ、オイシカッタカラ、ダヨオ』

「だから、そんなわけないでしょう？　どうしたんですか？　誰かにいじわるされたんですか？」

『違ウヨオ……ココノ人達ハ、ミンナ、ミンナ、優シインダヨオ……！』

余計に泣いてしまう結果となった。わーんわーんと、声を上げて涙を流す。そんなアルブムを、パンケーキの娘は優しく撫でてくれた。

落ち着いたあとは、恥ずかしい気持ちになる。あんなに泣いてしまったのは、初めてだから。

『パンケーキノ娘ェ、服ヲ涙デ濡ラシテ、ゴメンネエ』

「いいですよ。エプロンをかけていたので。それで、何があったのですか？」

『話サナケレバ、ダメ？』

「ええ。これだけ大騒ぎしたんですから、責任を取って話してください」

『ウン、ワカッタ』

パンケーキの娘にだけは、話して去ろう。アルブムはそう思い、姿勢を正してから語り始める。

『アー、アノネ、アルブムチャンネ、晴レテ、釈放サレタノ』

アルブムとリヒテンベルガー侯爵の間にあったのは、服従という制限が厳しい契約だった。何か、契約主の意に背く行動を取れば、行動に大きな制限がかかる。

そのため、アルブムはリヒテンベルガー侯爵との契約を、監獄のようだと思っていた。

「釈放って、どういうことですか？」

『ワカリヤスク言エバ、契約ヲ、解除サレタッテコト』

「契約の解除って、まさかリヒテンベルガー侯爵とのですか？」

『ソウ。アルブムチャンガ、イイ子ニナッタカラ、モウ、自由ニシテモイイッテ』

「それで、自由になったから、王都を出て行こうと思ったのですか？」

『ナ、ナンデ、ワカッタノ⁉』

「わかりますよ。行動が、不審過ぎましたし、やたら泣くし」

一生懸命隠していたが、パンケーキの娘にはお見通しだったようだ。アルブムは遠い目となる。

「あの森に、戻るのですか？」

『ウン。今度ハ、森ノ妖精ニ命令セズ、自分デ一生懸命木ノ実ヤ、キノコヲ集メテ、大人シク、静カニ、暮ラスノ』

「どうしてですか？」

『エ、ダッテ、仲間ガイナイカラ、自分デ、食料ヲ、確保スルシカ、ナイデショウ？』

「いえ、どうして出て行くのか、聞いたのですが」

『ドウシテッテ……』

ここにいたら、アルブムはパンケーキの娘に甘えてしまう。そうなったら、契約を結んでいる黒い鷹獅子（グリフォン）は面白くないだろう。

『ココニハ、モウ、居場所ハ、ナイカラ』

「契約者がいないから、ですか？」

『ウン』

頷くアルブムに、パンケーキの娘は手を差し伸べる。

「はい」

『エ？』

「契約、しませんか?」

『パンケーキノ娘ト?』

「他に、誰がいるんですか」

その瞬間、アルブムの目から洪水のように涙がだーっと溢れてきた。

『デ、デモ、ナンデ、契約シテクレルノ?』

メルはアルブムを抱き上げ、同じ目線にしてから言った。

「私達は、アルブムの能天気さに、いつも救われていたのですよ」

『ソ、ソウダッタノー!?』

遠征は戦闘を繰り返し、野外で一晩過ごす厳しい環境だ。そんな中で、無邪気に腹が減ったと騒ぐアルブムの存在は、皆の清涼剤になっていたのだという。

「ウルガスとかわりと繊細で、魔物の討伐のあと食欲がなくなって、一口も食べないときがあるんです。でも、アルブムが任務に参加するようになってから、きちんと食べるようになったのですよ」

アルブムがおいしそうに食べるので、食欲が湧いてくるようになるらしい。

「私も、隊の雰囲気が張り詰めているとき、アルブムを見て安心していました。私や、第二部隊には、アルブムが必要なんです。だから、森に帰るなんて寂しいこと、言わないでくださいよ」

パンケーキの娘の言葉に、胸がジンと温かくなる。こんなにも、望んでくれる人達がいるのは、幸せなことだ。涙で、視界が滲んでしまう。

「アルブム、契約、したくないんですか?」

『シ、シタイ~~~~!!』

アルブムはパンケーキの娘の指先に、そっと手を添える。

「アルブムは、私、メル・リスリスと契約します」

『シマス！』

互いに契約の意思を口にすると魔法陣が浮かび上がり、アルブムの頭上でパチンと弾けた。

契約は、無事に結ばれたようだ。リヒテンベルガー侯爵との契約のような、使役されている感覚はまったくない。

『コレガ、契約……？』

アルブムは心地よい温もりの中に、包まれていた。

「アルブム、改めて、よろしくおねがいいたします」

『ウン、ヨロシク！　パンケーキノ娘、ジャナイヤ。エット……メル！』

「はい！」

初めて、パンケーキの娘改め、メルの名前を口にした。今まで照れていたので、呼べずにいたのだ。

『メル、アルブムチャント、契約シテクレテ、アリガト』

「私のほうこそ、ありがとうございます」

こうして、アルブムはメルと契約を結んだ。


ひとまず、アメリアとリーフに報告をしなければならない。

アルブムは若干、気まずさを覚えていた。リーフはアルブムのことを、よく思っていないようだったから。

いつもアメリアとリーフが休んでいる、中庭の木陰に行くと——とんでもない状況になっていた。

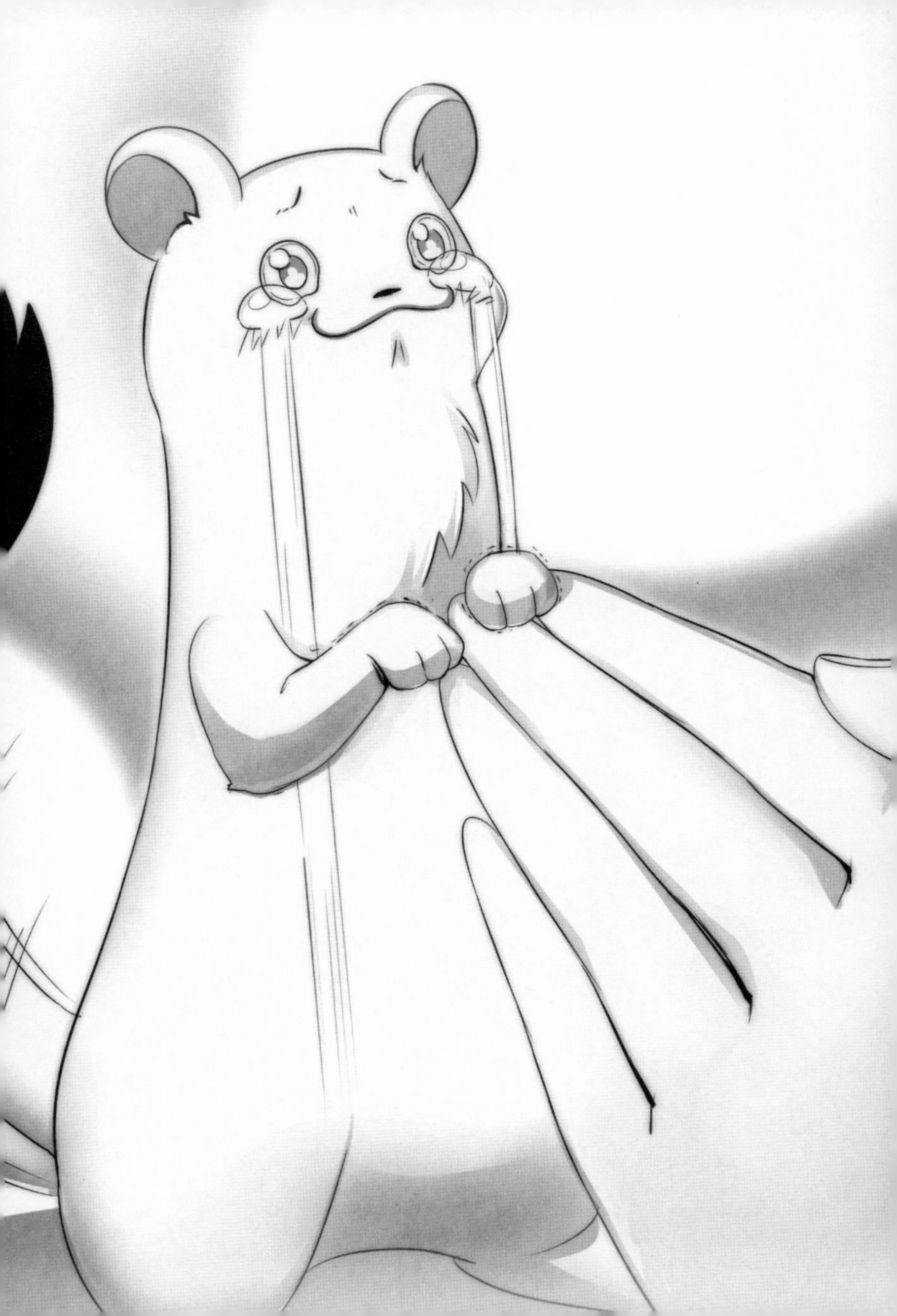

『クエエエエッ!!』

アメリアが、リーフに跳び蹴りをしていたのだ。いつも、穏やかな雰囲気で寄り添っている鷹獅子(グリフォン)達であったが、初めて仲違いをしている場面に出くわす。

リーフはやられっぱなしで、アメリアの攻撃を受け入れているように見えた。

「ちょっと、アメリア、何をしているのですか?」

『クエ、クエエエエ!!』

なんでも、リーフが言ってはいけないことを言ってしまったので、神に代わってお仕置きをしているようだ。

「お仕置きって、何をしたのですか?」

『クエッ、クエクエ、クエ!!』

アルブムに嫉妬するあまり、暴言を吐いていたと。

「アルブムに嫉妬? アルブム、そうだったのですか?」

『ア、ウン。マア、ネ』

『クエクエクエ、クエ、クエエエ』

「あらあら」

アルブムが契約をしていないのに、メルを独り占めしていたことにリーフが嫉妬していたという話を、アメリアは赤裸々に語る。

リーフ本人は隠していたかったのだろう。翼で顔を隠し、恥ずかしそうにしていた。

「アルブムみたいにずっと一緒にいられないから、ブラッシングは丁寧にしていたつもりだったのですが」

『クゥエエ……』

リーフは甘えた声で鳴き、謝罪を口にしていた。

「私にではなく、アルブムに言ってください」

リーフは翼から気まずそうに瞳を覗かせ、アルブムに謝った。

『クエ、クエエエ……』

『アー、ウン。イイヨ』

『クエ』

『アルブムチャンモ、メルニ、ブラッシングシテモラウノ、羨マシカッタンダヨネ』

「そうだったのですか？　でも、アルブムは毛が短いので、ブラッシングなんかしたら、禿げますよ」

『ヒエッ……！』

禿げたくないので、永遠にブラッシングしてもらう日はこないなと、アルブムは切なくなりながらも思った。

「これからは、仲良くしてくださいね」

『クエ』

『ワカッタ』

謝罪が終わったところで、メルはアルブムと契約したことを告げた。アメリアとリーフは、「いいんじゃないの」と言って受け入れてくれた。アルブムはホッと胸をなで下ろす。

そんなわけで、アルブムはメルと契約した。もう、ひとりで寂しく森暮らしをしなくてもいいだろう。

こっそり鞄に忍び込む必要もない。

『メル～』

「なんですか？」

『アルブムチャント、ズット、一緒ニイテネ！』

「ずっと一緒はちょっと……」

『エエー、酷イッ!!』

相変わらずな扱いではあるものの、アルブムの心は躍っていた。

契約を経て仲間の一員になれたことを、アルブムは幸せに思う。

挿話　リヒテンベルガー侯爵のぼっち飯

～幸せ包みのオムライスと共に～

幻獣保護局――それは、マリウス・リヒテンベルガーを中心とした、幻獣の研究・保護を行う組織である。

国家機関として、魔法研究局や魔物研究局と共に挙げられることがあるが、国からの支援金は一切ない。

マリウス・リヒテンベルガーの私財で運営されている、希有な巨大組織である。

彼はいったい何者なのか。しばし、深掘りする。

マリウス・リヒテンベルガー。

国内でも五本指に入る貴族の名家、リヒテンベルガー侯爵家に生まれ、容姿端麗、頭脳明晰と、神は彼にたくさんの贈り物を与えた。

加えて、魔力はずば抜けて高く、特に回復魔法は右に出る者がいないほどだった。

貴族の務めとして、彼は騎士隊エノクに入隊し、国王の親衛隊に身を置いていた。

多くの人々を魔法で癒やし、助けてきた。

国王や王族からの信頼も厚く、十五歳の頃には数え切れないほどの報酬と勲章を賜った。

稀代の天才と言われた彼であったが、天才故に人の心を慮(おもんぱか)れなかった。高慢で鼻持ちならない態度で人を見下すこともあり、周囲からの評判はすこぶる悪かったのだ。

陰口や悪い噂は気にならなかった。本人に直接害はなかったから。

しかし、目に見える嫌がらせを受けてしまい、強靱だと思われていた精神はあっさり崩壊した。

成熟しているように見えたが、当時の彼はまだ十五の少年とも青年とも言える年齢。

それくらいの年頃の青少年は、酷く繊細なのだ。

瞬く間に引きこもりとなり、心を閉ざした。それから、リヒテンベルガー侯爵邸から一歩も外に出なくなってしまったのだ。

二年ほど、騎士隊から退いてぼんやり過ごしていた。十七歳となり、立派な青年になったものの、社交界に顔を出さないばかりか、面会にも応じなかった。

困り果てた彼の父親であり、当時のリヒテンベルガー侯爵は、親戚を頼った。

同じ年頃の従妹を、寄越してきたのだ。彼女は明るく朗らかで、当時、彼女の祖母が契約していた幻獣山猫(イルベス)と共に傷ついた青年の心を癒やしたのだ。

凍っていた心は、優しい従妹と山猫が癒やしてくれた。翌年、結婚し、愛らしい娘にも恵まれる。

ただ、娘を産んだあとの妻は、「世界には他にも困っている人がいるかもしれない」と言い、慈善活動をするために旅立ってしまった。

もしや自分との結婚も、慈善活動の一環だったのではと、今でも疑っている。

彼のもとに残ったのは、幻獣が大好きだった妻との思い出と、一人娘であるリーゼロッテのみ。

そのため彼の愛情は幻獣と、それから一人娘であるリーゼロッテに注がれることとなった。

リヒテンベルガー侯爵の爵位を継ぎ、結婚から二十年近く経っても、妻の慈善活動の旅は終わらない。

一日中幻獣保護局に入り浸っていたリーゼロッテも騎士隊に入隊し、ほとんど留守にしている。

ここ一年くらいは、契約したイタチ妖精のアルブムを密かに愛でていたものの、一度も懐くことはなかった。昔から、好かれることはないのだ。わかっていたが、いざひとりになると、孤独を覚えてしまう。

アルブムとの契約破棄は、しなければよかったのか。アルブムがいなくなってからというもの、使用人達は寂しがっていた。

まさかリヒテンベルガー侯爵だけでなく、他の者の癒やしにもなっていたとは、知りもしなかった。

もう、森に帰っただろうか。そんなことを考えていたら、リーゼロッテより思いがけない話を聞いた。

なんと、アルブムはフォレ・エルフのメル・リスリスと契約を交わしたというのだ。

森へ帰ろうとしていたところを、引き留めたらしい。

アルブムはリヒテンベルガー侯爵を怖がっていた。これでよかったのだと、思うしかない。

＊

リヒテンベルガー侯爵の朝は早い。

誰とも会わない引きこもり生活が長かったので、身支度は一通りできる。

寝間着を脱ぎ、アイロンがかかったシャツとズボンに上からベスト、ジャケットを着込み、魔法の杖代わりの指輪を嵌める。

時間をかけて丁寧にひげを剃り、顔を洗って、歯を磨く。整髪剤で髪を整えたら、身支度は完璧となった。

執務室に向かい、まずは妻の肖像画を眺める。旅先からの手紙は週に一度届くが、もう半年も帰っていない。憂鬱なため息をひとつ零す。

早朝から領民の嘆願書に目を通し、領地の決裁を行い、手紙の返信を書き綴る。

外が明るくなってきたら、食堂に向かう。

娘リーゼロッテはすでに出勤しているようだ。騎士になってから、一度も朝食を共にしていない。

アルブムがいたときは、ふらりとやってきて共に食事を取ることもあったが……。

給仕係はいつもアルブムがいた辺りを、切なそうに眺めていた。

もう、契約は解除してしまった。戻ってくることはない。

いない者のことを考えるのは、不毛だ。

そう思いながら、表皮が硬いパンを囓る。……うっかりしていたので、口の中を切ってしまった。

このパンは、アルブムが好んでいたものである。森に棲んでいたころ、木の皮を囓って暮らしていたので、固いパンを好むのだ。中年親父には、硬すぎるパンである。

もう、アルブムはいない。いい加減、いつものパンに戻してほしい。

けれど、アルブムがいなくなって悲しんでいる使用人達に、言えるわけがなかった。

太陽が高くなる時間帯に、幻獣保護局に出勤する。すでに局員は揃っていて、すれ違う度に深々と頭を下げる。

執務室にたどり着くと副局長のロウ・ロッキィは立ち上がり、はきはきと挨拶する。

「局長、おはようございます」

「ああ」

ロウは、魔法研究局から引き抜いた。二十七歳の、年若い青年である。伯爵家の三男で、性格は至って真面目で温厚。

かつて魔法研究局の局長だったヴァリオ・レフラの副官として働いていたが、魔力を酷使し過ぎて死にかけているところを偶然助けたのだ。

ヴァリオ・レフラは人遣いが荒く、彼を部下として扱っていなかった。

その姿を若き日の自分の姿と重ね合わせ、彼にしては本当に珍しく同情してしまい、救いの手を差し伸べた。

以降、ロウは六年間、幻獣保護局の副局長として働いている。引き抜いた当初はガリガリで、目の下に濃いクマをこさえていたが、今は健康的な肌色になっていた。

ただ六年経っても、ロウの態度は軟化しない。毎日、鬼上官を前にした新人みたいな態度でいる。

部下と一緒に酒を飲みに行くという、踏み込んだ付き合いはいっさいしていない。

若干そういうことに憧れる気持ちはあったが、相手は望んでいないだろう。

生きとし生けるものに好かれない体質なので、仕方がないと諦めている。

今日も、ロウは朝から完璧に書類を整理し、執務机に並べている。実に、有能な男だ。そのおかげで、リヒテンベルガー侯爵は出勤時間を遅くせざるをえなかったのだ。

というのも、早く出勤していた時も、ロウは同じように書類を整理し、完璧な状態で朝を迎えていた。

つまり、彼はリヒテンベルガー侯爵よりも早い時間に出勤し、仕事をしていたことになる。そこまでしなくていいと言ったが、ヴァリオ・レフラのもとでしていた癖が抜けなかったのだろう。

結果、リヒテンベルガー侯爵のほうが遅く出勤し、ロウに書類整理をする時間をわざわざ作ってやったのだ。

ただ、これは彼以外の局員にも、変化をもたらした。皆、リヒテンベルガー侯爵より早く出勤するよう、努めていたらしい。朝が弱いものは、倒れる日もあったのだという。

遅く出勤するようになり、皆、ゆったりと仕事を始められるようになった。この変化は、ロウのおかげだろう。

自分を厳しく律することは、共に働く者達にもそれらを強要することに繋がる。場合によっては、職場環境の悪化に繋がるのだ。

人生とは日々勉強である。まだまだ、わからないことだらけだと思うようにしていた。

「保護している幻獣に、変化はなかったな」

「はい」

現在、幻獣保護局が保護している幻獣の数は百体ほど。国が定めた『幻獣保護条例』に基づき、環境に合わせて各地で保護・観察をしている。

保護対象となる幻獣は、怪我をしている個体、地方で暴れている個体、懐っこ過ぎる性格の個体など。

基本的に、幻獣が抱える問題が解決すれば、野生に放つ。

幻獣は人と共に生きる道を最善とする存在ではない。なるべく、自然な姿でいるのがもっとも幸せなことだ。

人と契約を結ぶ行為は、決して推奨していない。

現在、幻獣保護局の本部で保護している幻獣は、十五体ほど。収容する檻（ケージ）は多岐にわたる。

まず、中庭をすべて囲うような檻には、第三級幻獣の虎猫（ティグラキ）を保護している。

全長二メトルほどの、巨大な猫だ。馬車にはねられ、怪我しているところを保護した。

獰猛な性格の個体が多く、この虎猫も捕獲に苦労した。腹部を噛みつかれ、中身がちょっとだけ零れたが、得意の回復魔法のおかげでなんとか乗り切った。

保護したあとは幻獣保護局に連れて行き、素早く治療を施した。興奮している様子が一ヶ月ほど続いたが、毎日好物の果物をあげ、係の者が優しく話しかけると、こちらが害を与える相手ではないと理解したらしい。

以前は顔を見せただけで唸っていたが、現在は無視されるだけだ。

今日も、リヒテンベルガー侯爵が接近しても、ボール遊びを止めようとしない。

金色の毛並みは美しく、瞳は宝石のようにキラキラ輝いている。優美な尻尾は、動きに合わせてゆらゆら揺れていた。

今日の虎猫（ティグラキ）も、素晴らしく可愛い。そう、叫びたい気分をぐっと堪える。

「あの、局長？　どうか、なさいましたか？」

ロウに話しかけられ、ハッとなる。どうやら、周囲が見えなくなるほど、虎猫をうっとり眺めていたらしい。

「なんでもない」

「そうでしたか。険しい表情をされていたので、何かに気付かれたのかと思っていました」

目を細めて虎猫を見ているつもりだったが、険しい顔をしていたらしい。虎猫も唸ってくるわけだ。

一度咳払いし、話題を変える。

「何か、変化はあったか？」

「ここ最近は、担当に甘い声で鳴くようになったのだとか」

「甘い声だと？」

「は、はい」

「どのような鳴き声だ？　魔法で記録は取っていないのか？」

「え、ええ。単独でいるときに、一度だけ鳴いたようなので」

虎猫の愛らしい鳴き声は、おそらく二度と聞けない。もう、興奮状態も治まっているし、そろそろ、野生に放ってもいいだろう。

このように、幻獣の様子は毎日確認する。そうこうしているうちに、昼になるのだ。

幻獣保護局の食堂は、局員だけでなく一般市民にも開放していた。安くておいしいと評判である。

ただここは、普通の食堂ではない。必要な限り、幻獣の布教を行う食堂なのだ。

今日の特別メニューは、虎猫オムライスである。虎猫を模した卵を、チキンライスの上に被せているのだ。

このメニューは、リヒテンベルガー侯爵が原案、監修をしている。彼が描いた独特な幻獣の絵を、リーゼロッテが特定し解説を加え、食堂の料理長に手渡される。そこから一ヶ月かけて、完成するのだ。

特別メニューは幻獣カード付きで、可愛らしい絵と幻獣についての解説が書かれてある。このメニューは市民だけでなく、局員にも好評を博していた。

リヒテンベルガー侯爵はひとり、執務室で昼食を取る。一度食堂に行ったことがあったが、気の毒なくらいシーンと静まり返ってしまったので、以降、悪いと思って足を運ばないようにしていた。

昼を知らせる鐘が鳴り響く。同時に、秘書が扉を叩いた。

「入れ」

秘書の手には、楽しみにしていた虎猫のオムライスが載った盆がある。続けて、ワゴンを押した食堂の給仕係がやってきた。

ふんわりと、食欲をそそる匂いが執務室に漂う。途端に、空腹を覚えたような気がした。

ワクワクしているのを悟られないよう、ふうとため息をひとつ落とし、書類を片付けた。

テーブルがきれいになると、食事用の織物(クロース)が広げられ、まずフォークやナイフなどの食器が並べられる。

水と紅茶、サラダとスープが置かれ、最後に虎猫のオムライスが目の前にやってくる。

猫を模ったホロホロ鳥ごはんに、薄く焼いた卵焼きが被せられていた。デミグラスソースで模様を表現し、円らな目は、小粒のチョコレートのようだ。

この、瞳のチョコレートの表現に苦労したのだ。ああでもない、こうでもないと話し合い、最終的に街の製菓店に虎猫（ティグラキ）の瞳の色を再現させたチョコレートを作らせた。

傍らには、肉団子が二個添えられている。保護した虎猫はボール遊びが好きなので、そこから着想を得たのだ。

恐ろしく、完璧な一品である。身震いするほどだった。

——可愛い!!

そんな言葉は、喉から出る寸前で飲み込んだ。

「幻獣カードはどうした?」

「こちらに」

「ふむ」

幻獣保護局の記録官が描いた、愛らしい虎猫の姿が印刷されていた。説明文を読み、満足げに頷く。

「よく、できている」

「担当の者に伝えておきます」

「頼む。では、下がれ」

「はっ!!」

秘書と給仕係がいなくなるやいなや、抽斗（ひきだし）からカードを収納する綴じ込み式の本を取り出した。そこに、虎猫の幻獣カードを差し込む。

それは密かに、リヒテンベルガー侯爵がお楽しみメニューのカードを収集しているものだった。疲れた時には、これを眺めるに限る。

集まったカードをひとしきり眺めたあと、再び抽斗へとしまった。

そんなことをしている場合ではなかった。虎猫のオムライスが冷めないうちに食べなければ。

まず、スープを飲んで胃を温める。野菜が柔らかくなるまで煮込まれた、品のあるコンソメだ。

続いて、サラダを口にする。シャキシャキとした食感が、すばらしい。

そして、虎猫のオムライスを食べるために、スプーンを握った。

「――ッ!!」

スプーンを近づけるものの、これ以上接近させたら可愛さを損ねてしまう。

けれど、食べなければどうしようもない。歯を食いしばって、虎猫のオムライスにスプーンを滑らせる。

完璧な姿だった虎猫のオムライスが、崩れてしまった。悲しい気持ちがこみ上げてきたが、ぐっと堪える。

焼いた卵で包まれたオムライスを、口の中へと運んだ。

衝撃に襲われる。

米一粒一粒はパラパラに仕上がっていて、酸味のある赤茄子(トマテ)のソースがよく絡んでいた。

ホロホロ鳥はひき肉状で、香ばしさと旨みをもたらしてくれる。

なんといっても、繊細な薄さで焼かれた卵がすばらしい。焼き色はいっさい付いておらず、虎猫の毛色を見事に再現していた。そんな卵は、ほんのり甘い味がした。

三角牛(カローヴァ)と猪豚(スース)のひき肉を使った肉団子は、ぷりんと張りのある歯ごたえだ。キノコと香草も混ざっており、スパイシーな味わいである。これが、絡められたデミグラスソースとよく合うのだ。

本日の虎猫(ティグラキ)のオムライスは、百点満点中、一億点だった。手帳に記録しておく。

食後の甘味が届けられた。山猫を模った、クッキーである。

立ち上がり、クッキーを左手に、紅茶のカップを右手に中庭を見下ろせる窓を覗き込む。

そこからは、朝に観察をした虎猫が昼寝をする姿が確認できた。まったく動かないが、それでもいい。

幻獣を眺めながら食べるクッキーは、格別であった。口にした紅茶も、極上の味わいとなる。

そんなこんなで昼食の時間を終えると、会議や書類仕事に追われて夜になった。

ロウを帰らせ、少しだけ残業をする。

「あ、あの、局長は、帰られないの、ですよね？」

「あと一時間くらいしたら帰る」

「かしこまりました。では、その、失礼いたします」

「ああ」

ロウがいなくなると、書類に視線を落としペンを走らせる。

別に、今日中に仕上げなければいけない仕事ではなかった。では、なぜせっせと働いているのかといえば、帰っても誰も待っていないからだ。

リーゼロッテは遠征が入ったようで、今日は帰らないという知らせが届いた。

アルブムも、もういない。

妻に関しては、期待なんて欠片もしていなかった。

孤独には慣れていると思っていたのに、いざ直面すると辛いものがある。

周囲から見たら、鰥夫(やもめ)のように見えるのだろう。

以前、女性を紹介しようと知り合いに言われたことがある。とんでもないと激昂して、蹴って追い返した。妻以外の女性と関係を持つなど……ゾッとする。そういうことをする男は、本当に穢らわしい。

と、そんな考えを持つのは、奇妙だと言われたときがあった。男として生まれたものならば、多くの女を愛するべき。それは、男の本能だと。

別に、そんな決まりなどない。自分は多くのものに愛着を持たないだけだ。そう、リヒテンベルガー侯爵は考えている。

男というざっくりした枠で、物事を見るなど愚かとしか言えない。そうではなく、自分は多くの者に対して愛着を持つ人間だと、個人的に主張すればいいのに、とも。

それができる者は、数少ないのだろう。だから、争いが起きる。

彼にとって大事なのは、妻子と、幻獣と、幻獣を愛する者達。それだけだ。実に単純明快である。

暗闇の中から救ってくれた存在を、守りたい。それが、人生における命題であった。

物思いに耽っていても、手はしっかり動いていた。

一時間と見積もっていた仕事は、三十分とかからずに終わってしまう。

あっさりと、手持ち無沙汰となった。ロウの抽斗や机を探っても、仕事は出てこない。几帳面な性格の副局長は、その日の仕事を翌日に残さないのだろう。

はあと、思わずため息が出てしまう。こうなったら、家に帰らないといけない。

リーゼロッテは思春期を迎え、冷たい視線しか寄越さない。そんな娘でも、家にいたら嬉しいものだ。けれどその娘ですら、遠征任務でいないのだ。

このままここで寝てしまおうか。そんなことが脳裏にちらつくが、家に帰らないと使用人達が心配するだろう。

中庭を覗き込んでも、すっかり暗くなっているので、虎猫(ティグラキ)の姿は見えない。

諦めて、帰るしかないようだ。

灯りを消し、執務室を出る。トボトボ歩いていたら、廊下に白い物体を発見した。

「ん?」

アルブムだった。リヒテンベルガー侯爵の顔を見て、ビクリと体を震わせている。

「……アルブムか?」

『ソ、ソウダヨオ』

もしや、恋しくなって戻ってきたのか。近づいて抱き上げようとしたが、アルブムは遠ざかる。

「アルブム。待て」

『ヒエエエ!』

幻獣保護局にいながら、局長を見て逃げるとは何事なのか。リヒテンベルガー侯爵は憤りながら、アルブムを追いかける。

「どこに行く? その先は、大広間しかない」

『オ助ケヲ〜〜!』

まったく意味不明だ。この時間帯は皆帰宅していて、助けを求めても誰もいないというのに。

アルブムはちょこちょこ逃げ回るので、なかなか捕まらない。リヒテンベルガー侯爵は息を切らしながら走る。

珍しく、舌打ちしてしまう。

どうしてこのように一生懸命になってアルブムを追いかけているのか。自分でも馬鹿らしくなったが、始めてしまった手前、止めることはできない。

「待てと、言っているではないか」

『ム、無理～～!!』

とうとう、アルブムを広間がある扉の前まで追い詰めることができた。通路の行き詰まった先にあるため、これ以上逃げることはできないだろう。

「もう、逃げ場はない」

『ヒエエエエン！』

アルブムは涙目だった。そんなに、怖いのか。若干傷ついてしまったものの、ひとまず捕獲したほうがいい。そんなことを思いながら、ジリジリ接近する。

「いいか、大人しくしておけよ？」

『コ、来ナイデー！』

扉を背に、アルブムは絶体絶命だった――が、大広間の扉がわずかに開き、中へと入り込んでしまった。

チッと、本日二度目の舌打ちをしてしまう。いつもは施錠しているはずなのに、今日に限って開いていたようだ。管理者には、始末書を提出してもらわなければ。

そんなことよりも、今はアルブムだろう。大広間全体を明るくする、特大の光球を作って照らしてやる。

呪文を口にしようとした瞬間、なぜか周囲が明るくなった。そして、ありえない光景に絶句する。

そこには大勢の人達がいて、細長いテーブルにはごちそうが並んでいたから。

皆、声を揃えて叫んだ。

「リヒテンベルガー侯爵、お誕生日、おめでとうございます‼」

「は？」

思考停止していたが、そういえばと思い出す。本日は、自分の誕生日であったと。

目の前にいるのは、幻獣保護局の局員に、エノク第二遠征部隊の騎士達、黒と白の鷹獅子(グリフォン)に、それから——。

「あなた、お誕生日、おめでとう」

リヒテンベルガー侯爵に駆け寄ってぎゅっと抱きつく女性は、久しぶりに会う妻である。

「お父様、おめでとう」

リーゼロッテもいて、淡く微笑みかけていた。

「これは、夢なのか？」

非現実的な事態の連続に、思わず呟いてしまう。

だって、ありえないだろう。サプライズで、このような誕生パーティーが開催されるなど。

ここは夢の世界で、もしかしたら本当の自分は執務室で息絶えているのかもしれない。死因は、孤独死である。そんなことも、リヒテンベルガー侯爵は考えていた。

「もう！　あなたったら、夢なわけないじゃない」

「そうよ。アルブムとの契約を解除して、お父様が寂しそうだったから、お母様に帰ってきてとお願いしたのよ」

「ちょうどあなたの誕生日だったから、サプライズの誕生パーティーを開いて、驚かせようと思ったの」

「なんてことを、してくれるのだ」

「そんなことを言って、嬉しいくせに」

妻の言う通りである。嬉しくないはずがない。リヒテンベルガー侯爵は、参加してくれた皆に礼を言った。

ありがとう、と。

ワイン片手に乾杯したあと、誕生パーティーが始まる。

「はい、あなた。お誕生日おめでとう」

手渡されたのは、どこかの民族が作った化け物の仮面だった。今までどこに行っていたのか。眉間の皺を解しながら、「はー」とため息をついてしまう。

「お母様。半年に一回しか家に帰らないのは、あんまり過ぎるわ。お父様が寂しがっているのを、知らないの？」

「ごめんなさい。困っている人達がいると聞いてしまったので。身近にも、困っている人がいたのね。これからは、一ヶ月に一度は家に帰るようにするから」

「それでも、あんまりだと思うけれど……」

まさか父親のことで、リーゼロッテが母親に怒るとは思ってもいなかった。胸がジンと熱くなる。

「お父様、わたくしからの贈り物よ」

リーゼロッテはアルブムを模したぬいぐるみを、手渡してくれる。幻獣保護局と契約しているぬいぐるみ職人に、作らせたのだとか。柔らかな手触りは、アルブムの触り心地に似ていた。

「今回の誕生パーティーの料理は、メルが考案してくれたの」

「そう、だったのだな」

普段、遠征で食べている料理を再現したものらしい。ホロホロ鳥の丸焼きに、山賊風スープ、ふわふわパンなど。局員は物珍しそうに、料理を食べているようだ。

「メル！」

リーゼロッテが呼ぶと、メル・リスリスが駆けてきた。首には、アルブムを襟巻きのように巻き付けている。

「リヒテンベルガー侯爵、お久しぶりです」

「ああ」

「お誕生日、おめでとうございます」

彼女は贈り物として、アメリアとリーフの羽根で作ったペンを手渡してくれた。思いがけないすばらしい贈り物に、手が震えてしまったのは内緒である。

「アルブムと、契約したと聞いた」

「はい。この通り、アルブムは元気でやっています」

「そうか」

アルブムを見ると、気まずそうに会釈していた。妖精のくせに、実に人間くさい反応をする。そこが、アルブムの魅力でもあるのだが。

アルブムは今日、リヒテンベルガー侯爵をパーティー会場に誘うための大役を担っていたようだ。まんまと、それに引っかかってしまったわけである。

「アルブム、改めて、リヒテンベルガー侯爵にお礼を言ってください。お世話になったのでしょう？」

『ウ、ウン。アノ、ソノ、アリガトウネエ』

頭を撫でるために手を伸ばしたが、怖がる様子は見せなかった。よしよしと、撫でてやる。

アルブムは幸せそうだった。契約は解除して正解だったのだと、リヒテンベルガー侯爵は改めて思った。

「メル・リスリス。アルブムを、頼んだぞ」

「もちろんです」

続いて、ロウが申し訳なさそうな顔でやってくる。

「局長、黙っていて、すみません」

「これはそういうパーティーなのだろう？　気にするな」

「ありがとうございます」

ロウは楽しそうに過ごす局員を見て、目を細めていた。

「見てください。皆、リヒテンベルガー局長を慕う者達ばかりです。喜んで、パーティーに参加しているみたいですよ」

「慕う？　私をか？」

「はい」

「皆、私を怖がっているのでは？」

「とんでもない！　幻獣保護局の局員は全員、リヒテンベルガー局長を心から尊敬しておりますよ」

給料は魔法研究局や魔物研究局の二倍近くあり、残業はなく、休日も多い。働く者達は幻獣好きばかりで、成果を出したらきちんと評価される。夢のような職場だと、ロウは瞳を輝かせながら語った。

「幻獣保護局の局員は、職場環境に大変満足しております。すべては、リヒテンベルガー局長の差配のおかげです。皆、日頃から感謝の気持ちを伝えたいと、思っていたのです」

「そうか……」

「リヒテンベルガー局長はすばらしい御方なので、皆、一歩下がった場所から、尊敬の眼差しで見たいと思っているのでしょう。それが、もしかしたら怖がっているように思えたのかもしれません」

局員に畏怖されているわけではないとわかり、リヒテンベルガー侯爵は内心ホッとしていた。

ここでようやく、手渡されていたワインを口にする。今まで飲んだどのワインよりも、おいしく感じてしまった。

「そういえば、ロウ」

「はい？」

「娘との結婚は考えてくれたか？」

「そ、それは――」

娘リーゼロッテはもう十九である。リヒテンベルガー侯爵家存続のために、結婚させなければならない。幸い、この国は女性にも爵位の継承権がある。リーゼロッテは次期侯爵になるとして、その夫たる男はしっかり財産を管理できる者が望ましい。

いろいろ考えた結果、このロウ以上に相応しい男はいないのではとリヒテンベルガー侯爵は考えている。

「自分には、大変もったいない話でして……」

「それを判断するのは、お前ではない。私だ」

貴族の結婚は、親が決める。拒否権などない。リヒテンベルガー侯爵だって、妻との結婚は父親が決めた。その前に、妻となった女性に惚れていたのは、墓場まで持って行くような話ではあるが。

ロウは恐縮して、遠慮しているだけだろう。そういう場合の話の進め方は、よく理解している。

「本当に嫌だというのであれば、来月までにお前の父親を通して断りの連絡を入れるように。何もなければ、こちらで勝手に進める」

「しかし、あの、仮に私がよかったとしても、お嬢様のお気持ちは……？」

「そんなの知ったことではない。娘の結婚は、父親である私が決める。貴族の結婚は、愛だ、恋だと情が絡んで行うものではない。お前も、貴族の端くれならわかっているだろうが」

「そ、そうですね」

ただ、リヒテンベルガー侯爵は悪魔ではない。リーゼロッテが欠片でもロウを毛嫌いしているのならば、結婚話を進めるつもりはなかった。

幻獣保護局の局員でもあるリーゼロッテは、何度もロウと接している。普段の態度を見ても、嫌っているようには見えなかった。

それに加えて、リーゼロッテにも一度だけ聞いたことがある。ロウを結婚相手としてどう思うかを。リーゼロッテは「そういうことは、お父様が決めてちょうだい」ときっぱり言ったのだ。

「ひとつ、言わせてもらう」

「は、はい？」

「もしも愛人を迎える場合は、リーゼロッテにバレないようにしろ。難しいのであれば、私に報告するように。別宅を、用意する」

貴族の男のほとんどは、愛人を持つ。ふざけたものだと考えていたが、それをロウにも強要するつもりはなかった。ただでさえ、生きにくい貴族社会である。それに、ロウは今まで十分苦労した。愛人のひとりくらい、許してやらないといけないだろう。リヒテンベルガー侯爵は、身内には寛大であった。

ただ、女性側からしたら、愛人がいるというのは面白くないだろう。愛人を持つ貴族女性もいるというが、ごく稀だ。理解しがたいだろう。

それに関して、リーゼロッテが少しでも嫌な思いをするのは、あってはならない。ロウには釘を深く深く刺しておく。

「愛人がいることを、リーゼロッテにわかるようにするのは、絶対に許さん。もしも、私に泣きついてくるような事態となれば、殺(コロ)ッ――」

「コロッ⁉」

「いいや、なんでもない」

少し、興奮し過ぎたようだ。ゴホンゴホンと二度の咳払いをしている間に、自らを落ち着かせる。

「とにかく、愛人を持つ場合は、しっかり管理しろ。伴侶となる相手に悟られないようにすることは、最低限の礼儀というものだ」

「愛人なんて、とんでもないです。リヒテンベルガー侯爵家のご令嬢と結婚できるだけでも、大変なことだというのに」

「ふん。そんなことを言っていられるのも、今のうちだ」

ロウはどこまでも真面目な男で、愛人なんか持たないだろう。わかっていたが、結婚したら男は変わるという。

リヒテンベルガー侯爵自身も、結婚前は妻を持っても以前と変わらない。子どもだって、爵位を引き継ぐ者が必要だから作るだけで、別に愛情なんか湧くわけがないと思っていた。

しかし、現実は違った。

リヒテンベルガー侯爵は妻を深く愛しているし、娘を溺愛しているのだ。

結婚したら、男は変わる。良くも、悪くも。だから、ロウには事前に忠告しておきたかったのだ。

まだ、婚約もしていないので、気が早い話ではあったが。

いつもより多く酒を飲んでいるので、気が緩んでいるのだろう。少しだけ、気まずさを感じてしまった。

そんなふたりのもとに、リーゼロッテがやってくる。

「お父様。何をこそこそ話していらっしゃるの？」

「お前には関係ない話だ」

きっぱりそう答えたのに、ロウが飲んでいたワインを気管に引っかけてしまう。

「まあ、大丈夫？」

リーゼロッテはロウの背中を、優しく撫でていた。なんとなく複雑な気分になるものの、ふたりの雰囲気は悪いものではない。

「また、お父様に、いじわるなことを言われていたのね。可哀想に」

「おい、どうして決めつける？」

「だって、遠くから見ていたら、怖い顔で懇々と話をしていたでしょう？」

表情はさておいて、怖い話はしていたのかもしれない。殺すとも言いかけたし。リヒテンベルガー侯爵は、内心反省していた。

「ねえ、もうこれ以上、お父様に付き合う必要はないわ」

「今日は、私の誕生パーティーなのだが？」

「でも、ロウがいたら、いつもみたいにいじわるを言ってしまうでしょう？　ロウ、行きましょう」

「おい！」

リーゼロッテはロウの腕を引き、リヒテンベルガー侯爵から離してくれる。ロウは振り向きながら、何度も会釈していた。

その後ろ姿を、リヒテンベルガー侯爵は切なげな表情で見つめる。

そんな彼の腕に、そっと手を添える者がいた。妻である。

「あなた、娘はずっと、傍にいるわけではないのよ？」

「わかっている」

「可哀想だから、しばらくは、傍にいてあげるわ」

妻のその一言は、何よりも嬉しい誕生日の贈り物であった。

大広間を見渡したら、皆、笑顔だった。

思いがけず幸せな誕生日を、リヒテンベルガー侯爵は迎えたのだった。

エノク第二部隊の
遠征ごはん
Enoku Dai Ni Butai No Ensei Gohan

挿話　シャルロットと一緒にピクニック！
～お弁当の中にはマグロンサンドを詰めて～

Enoku Dai Ni Butai
No
Ensei Gohan

狐獣人のシャルロットは、かつて深い森の中で暮らしていた。

家族は、狩りが上手い父親に、料理上手な母、それから優しい兄がいた。

シャルロットは毎日森にでかけ、薬草を摘み、木の実を拾って、たまにウサギや鳥などの小さな獲物を狩る日もあった。

家族と喧嘩する日もあったが、一晩経ったら仲直りという家族の決まりもあったので、気まずい雰囲気が長引くことはない。平和な毎日を送っていた。

幸せな生活は永遠に続くと思っていたが――ある日事件が起きる。

密猟で荒稼ぎをする奴隷商が狐獣人の森に、火を放ったのだ。男達は殺され、女達は捕まってしまった。

父や兄は殺され、シャルロットは母親と共に捕まってしまう。

母はシャルロットを逃がそうと、奴隷商に噛みついた。それがよくなかったのだろう。その場で殺されてしまった。

家族は皆、死んでしまった。

せっかく母親が逃げる機会を作ってくれたのに、シャルロットはその場から逃げることができなかった。

森から連れ出され、奴隷として売り出されてしまう。

奴隷市は各地で開催されていた。檻の中に閉じ込められ、穢らわしい目で値踏みされる。

仲間達は、次々と売られていった。

シャルロットは誰にも隙を見せず、一言も喋らなかった。そのため、買い手が付かなかったのだ。

国内では誰も興味を持たなかったので、海を渡ることとなる。

船では大きな檻の中に、ぎゅうぎゅうに詰め込まれた。空気が薄い気がして、息苦しさを覚える。それだけでなく、船は大きく揺れ気持ち悪くもなった。

最低最悪の環境で、奴隷達は三日間も船で運ばれていたのだ。以降、シャルロットは人混みが苦手になってしまう。

ようやくたどり着いたのは、異国の地だった。ここでは獣人が珍しいようで、シャルロットは注目を集めてしまう。

あまりにも辛い中で、シャルロットは家族のもとへ行きたいと考え始める。もう、生きる希望は欠片もなかったのだ。

そんな中で、シャルロットはフォレ・エルフの少女メルと出会った。心優しい彼女は、シャルロットにおいしい饅頭を分けてくれた。

生地はふわふわで、餡は優しい味がする。久しぶりに、おいしいという言葉を思い出した。心の中に、温もりが流れ込んでくる。

家族との食事を思い出すような、幸せの味わいを感じた。

メルと共にいた幻獣アメリアも、絶望の淵に立たされたシャルロットを励ましてくれる。

今、この瞬間にひとりではないとわかっただけでも、シャルロットの心は満たされた。

まだ、絶望してはいけない。シャルロットを想ってくれる、心優しい存在がいるから。

奴隷として売り飛ばされた先でも、酷い目に遭う可能性は高い。それでも、シャルロットを大事にしてくれた人達のために、強く生きようと決意を固めた。

今よりも酷い事態を覚悟していたが、事態は思いがけない方向に進んでいく。

なんと、先ほど出会ったメルは奴隷市に潜入した騎士で、シャルロットを奴隷商から救い出してくれたのだ。

もう、酷い目に遭うことはない。言葉はわからないが、メルはそんな内容を言ってくれているような気がした。

彼女とは手を振って別れる。いつか会えたらいいな。そんなことを思いつつ。

シャルロットは異国の地で保護された。そこは白衣の人々が働く場所で、病人を収容する施設のようだ。

優しそうな女性が、身振り手振りで説明してくれた。シャルロットは痩せすぎているので、しばし療養が必要だと。

そこで温かい風呂に入り、食べきれないほどの食事を与えられ、清潔な布団で眠る。夢のような日々であった。

皆親切で、シャルロットを悪いように扱ったりしない。家族を失ってから、初めてぐっすり眠った。

元気を取り戻したら、今度は別の場所に送り込まれる。そこは、大きな城の中にある施設だった。

たくさんの本に囲まれた部屋で、シャルロットは言葉を教えてもらった。

そこでは、シャルロットと似た境遇の者達が集められていたようで、生きるために必要な知識を叩き込まれている。と、わかったのは、言葉を覚えてからだった。

教師は親切で、なかなか言葉を覚えないシャルロットを叱ることはしない。一生懸命になって、教えてくれた。共に学ぶ仲間達も、気のいい人達ばかりであった。

唯一、困っているのは、食堂で食事を取ることだった。人混みが苦手なシャルロットは、食欲が失せ、一口も食べられない日もあった。

日に日に体重も減り、元気もなくなる。そんな状態になったからか、教師がシャルロットを気にかけてくれた。よくしてもらっているのに、これ以上迷惑をかけたくなかったが、正直に告げる。すると、シャルロットの昼食は別に用意し、個室で食べられるようにしてくれた。

言葉を覚えてからは、お喋りをする余裕もでてくる。シャルロットの心の傷は、少しずつ癒えていった。

その後、シャルロットにいくつかの道が示される。

城で料理人の修行を行うか、貴族の家でメイドになるか、一般家庭の養子となって暮らしていくか。

教師が勧めてくれたのは、養子になる道だった。新しい家族のもとで、幸せに暮らしてほしいと。

気持ちは嬉しかったが、シャルロットは助けてくれた騎士隊へ恩返しをしたかった。

選択肢にはない道であったが、シャルロットは強く望んだ。

何度も何度も話し合い、シャルロットは騎士隊エノクでメイドをすることに決まる。

さらに、シャルロットを助けてくれたメルが所属する、第二遠征部隊の専属メイドとして働くこととなったのだ。

シャルロットは直接恩返しができると知り、跳び跳ねるほど喜ぶ。

ただ、すぐに働けるわけではない。メイドになるための修行が始まった。

メイドになるための修行をする場には、国内から多くの女性が集められる。茶の淹れ方から、炊事、洗濯、掃除まで、技術を徹底的に叩き込まれるのだ。

集団で受けることとなるが、シャルロットはメルとの再会を心の支えに頑張った。

二ヶ月後——シャルロットはついにメルと再会する。

久々に会ったメルとアメリアは、シャルロットを歓迎してくれた。これ以上、嬉しいことはないだろう。

第二部隊の面々に挨拶して回る。すぐに慣れるよう、隊員を父や母、姉や弟に喩えて紹介してくれた。

本当の家族のように接していいと言ってくれる、心優しい人達ばかりであった。

第二部隊で働き始めてからというもの、シャルロットの心の傷はほとんど癒えた。

まだ、時折死んだ家族を思い出しては、ツキンと心が痛む日もある。

だがそれも、大事なものだと思うようにしていた。

家族を悼むことができるのは、シャルロットしかいないのだから。

平和な暮らしを、シャルロットは愛おしく思う。

この先もずっとずっと、続きますようにと、祈る毎日であった。

*

第二遠征部隊の専属メイドとして働くこととなったシャルロットは当初、寮生活を行っていた。

通常は二名から四名部屋であった。広い部屋に、二段に積まれた寝台が一台から二台置かれている。寝台の周囲をカーテンで囲った範囲が自分だけのスペースなのだ。

一方、シャルロットは集団行動が苦手で、個室を与えられていたのである。

通常、個室が使えるのは、良家の娘だけだ。シャルロットの待遇が面白くないと思う者達もいて、嫌味や嫌がらせを受ける時もあった。環境は快適とはいえない。

けれど、奴隷として囚われていたときを考えたら、どうってことなかった。

年若い女性の思いつく悪意なんて、可愛らしいものである。奴隷商の人を人と扱わない、底冷えするような悪意と比べたら……。

一度、寮長に集団部屋に移してほしいと懇願したこともあった。働く条件は皆同じで、シャルロットだけ贔屓してもらうわけにはいかないと思ったからである。

しかし、寮長は首を縦に振らなかった。なんでも、シャルロットは国が保護すべき『特待市民』であると教えてもらった。

おそらく、奴隷商が無理矢理連れてきたために、そのような扱いとなっているのだろう。

ひとり暮らしをすることも考えた。だが、家賃を見て、がっくりうな垂れる。

王都の家を借りるには、給料の三分の二も出さなければならない。おまけに、管理費というものもあって、家賃の他に毎月支払わないといけないようだ。

毎日炊事洗濯をして、掃除をして、家賃を払って――と、考えただけで疲れてしまう。

衣食住を保証されている寮暮らしに慣れたシャルロットには、とても住めるような環境ではなかった。

ひとり暮らしは諦めて、大人しく寮暮らしをしよう。そんなことを考えていたシャルロットに、思いがけない誘いの声があった。

なんとメルとザラが、王都の郊外に家を買うので、一緒に住まないか、というものだった。

寮暮らしに居心地の悪さを覚えていたシャルロットにとって、またとない話である。

喜んで「もちろん！」と言いたいところだったが、返事をする前に考える。

メルとザラは両思いである。本人達から聞いたわけではないが、互いを見る視線が特別なものであることは、シャルロットも勘づいていた。

今までずっと、気付かない振りをしていたが。

男女の機微については、言葉を覚える際に読んだ本や、メイド達とのお喋りから学んだのだ。

そのため、もしもシャルロットが同居したら、邪魔になるのではないのかと。

ただ、人の気持ちはどう頑張っても計り知れない。勇気を出して、質問してみた。すると、未婚の男女のふたり暮らしは世間の目が気になるので、一緒に暮らしてほしい、と。

メルの話を聞いて、安堵もする。シャルロットが一緒に住むことでふたりが安心するのならば、喜んで同居しようと思ったのだった。

メルとザラが選んだ家は、王都から離れた場所にある、森に囲まれた静かな場所。風が吹くと木々がサラサラと鳴り、鳥の可愛らしいさえずりが聞こえ、空気は澄んでいた。

少しだけ故郷の森に似ていて、シャルロットは泣きそうになる。

これからここが、シャルロットの家となるのだ。胸が熱くなる。

蜂蜜色(ミエレ)のレンガの家は、長年人が住んでいなかったために、荒れ果てていた。そのため、床板を剥いで張り替えたり、壁紙を貼ったり、塗料を塗ったりと、きれいにしつつも自分達好みの家に変えていった。

他、テーブルクロスの刺繍をしたり、食器を買い集めたり、花壇を作って花の種を蒔いたりと、準備はどれも楽しかった。

そして——メルとザラ、シャルロットの家は完成となる。

帰る家を得たことを、シャルロットは心から嬉しく思った。

＊

狐獣人には、特殊な力がある。それは、相手の能力をひと目見ただけで感じるというもの。

シャルロットの父親は「これは、狼獣人のように鋭い牙や爪を持っているわけでもなく、猫獣人のように多くの魔力を持っているわけでもない、狐獣人が生き抜くために備わったものだ」と教えてくれた。

もしも、狩猟をしているとき勝てない相手と出くわしたら、本能でわかる。

この能力は、人にも有効だ。

騎士隊に入ったときは、驚きの連続だった。シャルロットが到底敵わないような人達がゴロゴロいるのだ。

その中でも、第二部隊は精鋭の集まりといえる。

ルードティンク隊長は、部隊の中でもっとも強いわけではないけれど、統率力に優れている。狐獣人だったら、皆が従うような類い希なる資質を備え持っていた。

ベルリー副隊長は、瞬発力と速さがある。短距離であれば、彼女の追跡から逃れられる者はいないだろう。

ガル・ガルは戦況を見極める能力が優れていた。それは、一対一で戦うときより、一対二で戦うときに発揮される。敵と対峙する隊員の能力に合った、支援的戦闘が行えるのだ。

ジュン・ウルガスは、とんでもない集中力を持っている。それは、矢を放つ瞬間にのみ働く。普段の彼はどこかぼーっとしていて、おっちょこちょいだ。そこが、いいのかもしれない。

ザラ・アートは、すべての能力が突出している。第二部隊の中でもっとも強いが、それを柔らかい雰囲気で包み込み、相手に感じ取られないようにしていた。

リーゼロッテ・リヒテンベルガーは、最強の炎魔法の遣い手だ。ただ、火力が強すぎるがために、使いどころは難しいだろう。

メル・リスリスは、もっとも普通の人だ。だが、その普通の感覚が、普通ではない隊員達の精神の助けになっているのだ。彼女の存在なしでは、第二遠征部隊の任務の成功率は極めて低くなるだろう。

と、このように、シャルロットは個々の能力を把握する力がある。

もっとも驚いたのは、異国の大英雄シエル・アイスコレッタと対峙したときだろう。

どの騎士よりも強く、勇敢で、心優しい男だった。

そんなアイスコレッタ卿と同居するうちに、シャルロットは本当の祖父のように慕うようになっていた。

今では、一緒に薬草摘みに出かける仲である。

今日もシャルロットはアイスコレッタ卿と、契約した幻獣であるウマタロを連れて、草原に出かけるのだ。

まず、弁当を用意する。奮発して、鱗鮪(マグロン)を買ってきていた。

鱗鮪に塩、胡椒で下味を付けたあと、臭み消し用の薬草を振りかける。次に、鱗鮪を分厚く切って、片栗粉、溶かし卵、パン粉の順で付けていき、油で揚げる。

これはメルに習った『鱗鮪カツ』である。ガルの結婚お披露目パーティーで食べておいしかったので、もう一回作ろうと思ったのだ。

鱗鮪カツが揚がったら、パンをスライスする。表面にバターを塗り、葉野菜を重ね、その上に鱗鮪カツをドン！　と載せる。タルタルソースをたっぷりかけたあと、具を挟むようにパンを被せた。

そのままでは大きいので、半分にカットしてから弁当箱に詰めた。

「よし！　鱗鮪サンド弁当の完成っと！」

ちょうど、出発の時間となる。外に出たら、すでにアイスコレッタ卿が待っていた。

「ごめーん、お弁当を作っていたの」

「私も、今きたところだ」

「そっかー！」

シャルロットが外に出てくるのと同時に、ウマタロは乗りやすいよう、地面に膝を突く。お弁当と採集用のカゴを鞍に吊してから、跨がった。

アイスコレッタ卿は鐙（あぶみ）を踏んで、一息で乗る。どれだけ激しく動いても、肩の上にいるコメルヴが微動だにしないのは、アイスコレッタ卿の七不思議のひとつだろう。

アイスコレッタ卿の先導で、森の中を駆ける。

ウマタロは、普通の馬よりも一回りほど小さい。それでも、脚力は馬に負けないほどあった。

森の中をウマタロに跨がって走っていると、とても気持ちがいい。風になった気分になる。

二時間ほど走ると、草原に出てきた。夏を前に、緑がもっとも輝く季節である。シャルロットは空気を目一杯吸い込んで、深くはいた。

ウマタロから下りて、自由に走るように言った。嬉しいのか、ぴょんぴょん跳ねるように草原を駆け回っている。

「さて、私らは、採取をしようか」

「うん！」

美しい草原だが、魔物が出現することがある。そのため、採集をするのはアイスコレッタ卿の周辺でないといけない。

お喋りをしながら、薬草を摘んでいく。今日はずっと気になっていたことを、問いかけてみた。

「ねえ、お爺ちゃんは、その鎧を脱ぐときはあるの？」

「脱ぐのは、風呂に入るときくらいだな」

「えー！　眠るときも、着ているの？」

「そうだ」

「ごつごつして、眠りにくくないの？」

「もう何十年とこの姿だからな。慣れたぞ」

「そうなんだ」

食事の時も冑の口元部分を開くのみで、取り外そうとしない。徹底していたが、まさか眠るときまで鎧を身につけていたとは。シャルロットはびっくりしてしまう。

なぜ、常に鎧をまとっているのだろうか。シャルロットは謎の核心に迫るため、質問を重ねた。

「どうして、ずっと鎧を着ているの？」

シャルロットに背中を見せた姿で薬草を摘んでいたアイスコレッタ卿であるが、くるりと振り返って問いかけてきた。

「恐ろしい話だが、聞くか？」

「シャルが、聞いてもいいの？」

「誰にでも話すわけではないが、シャルロット嬢にならば、構わない」

「だったら、聞きたい」

「長くなるから、茶を用意しよう」

アイスコレッタ卿はいそいそと、鞄の中から鍋や水を取り出す。その辺で拾った石を円の形に配置し中心に枝や枯れ葉を入れて火を点ける。

火の上に水を張った鍋を置く。しばらくすると、ぶくぶく音を鳴らしながら沸騰した。ポットに、今さっき摘んだばかりの薬草を数種類入れ、湯を注ぐ。フレッシュな薬草茶の完成である。

蒸らす時間を計るため、アイスコレッタ卿は懐中時計を取り出した。

「む、もう昼か」

「だったら、お爺ちゃん。お弁当を食べようよ」

「ふむ、そうだな」

敷物を広げ、真ん中に弁当箱を置く。アイスコレッタ卿は、薬草茶を差し出してくれた。シャルロットは蜂蜜(ミエレ)と砂糖をたっぷり入れて飲む。

「うーん、葉っぱ感が強くて、おいしいよー!」

「それはよかった」

ほっこりしたところで、頑張って作った鱗鮪(マグロン)サンドを食べる。

パンはしっとり、鱗鮪カツからは旨みがじゅわっと溢れ、濃厚なタルタルソースがよく絡んでいる。

「これは、うまいぞ!」

「ねー、おいしくできているよ」

ふたりで、ペロリと完食してしまった。食後は紅茶を淹れ、アイスコレッタ卿が作ったクッキーを囲んで話を聞く。

「お爺ちゃん、それで、お話は?」

「なぜ、私が常に鎧を着ているのか、だったな」

「そう！」

アイスコレッタ卿は空を見上げていた。冑で覆われていて見えないのに、遠い目をしていると感じてしまう。

「あれは、五十年以上も前の話だったか」

「ずいぶんと、遡ったね」

「ああ。鎧との付き合いは、半世紀にも及ぶ」

国内でも三本指に入る貴族の名家、アイスコレッタ家に生まれ、剣術、魔法、学問と帝王学にも劣らないものを叩き込まれた。十五になるときには騎士隊をまとめ上げ、多くの魔物を討伐してきた。

敵などいないのではと囁かれているころ、彼に試練が訪れる。十八歳となった冬のある日の話であった。

「魔王が、降り立ったのだ」

「まおう、って？」

「人々を滅ぼし、この世界を暗黒へ導く恐ろしい存在だ」

悪の思想に染まった魔王は、多くの魔物を率いて人を襲い、村や町を次々と滅ぼした。

「すぐに討伐部隊が結成され、魔王を倒すための旅が始まった」

アイスコレッタ卿と旅を共にしたのは、四名の老若男女だった。

「まずひとり目は、自称聖女だった。国一番の回復魔法の遣い手で、乙女の心を持ち、屈強な体に恵まれた、慈悲に満ちた人物であった」

「どうして自称聖女なの？」

「女性では……なかったからな」

「そっか」

アイスコレッタ卿の歯切れの悪さから、これ以上突っ込んで聞かないほうがいいと、シャルロットは察する。説明が複雑で、難しいのだろう。

「ふたり目は、恥ずかしがり屋の盾騎士。彼女の持つ大きな盾は、どんな攻撃も通さなかった」

「力持ちの、女の子だったんだね」

「まあ、そうだな」

「三人目は、目立ちたがり屋の暗殺者。暗殺成功率はゼロだったが、腕はいいので連れてきた」

「職業を、間違えちゃったんだね」

「違いない」

「四人目は？」

「賢者と呼ばれる、引きこもりの魔法使いだった。彼は錬金術師でもあり、私の魔法の師匠でもあった」

「そうだったんだ」

そんな愉快な面々で、魔王討伐の旅が始まった。

「苦難に満ちた旅だった。五十年経っても、あれが私の人生の中で、もっとも辛かったと言える」

各地で魔物を討伐しつつ、魔王が本拠地にしていた地方領主の城を目指す。

「半年ほど旅した末に、魔王のもとへとたどり着いた」

魔王は竜の体を乗っ取り、邪龍と化していた。

驚くべきことに、魔王のその身には、多くの子ども達が生きながらにして埋め込まれていた。

「本当に、趣味の悪い奴だった。おかげで、魔王を一撃で屠れる光魔法が使えなかった」

なんとか助け出そうとしたが、無駄だった。ただ、苦戦しただけだったのだ。子どもの命は、魔王と共に散ってしまった。

「魔王の亡骸の前から立ち去ろうとした瞬間、思いがけない事態となった」

斬り落としたはずの魔王の首が突然動き出し、アイスコレッタ卿を襲ったのだ。

「私は、下半身を喰われてしまった。もうダメだと思ったが——師匠だった男が竜の首を私の下半身もろとも焼き尽くしたのだ」

シャルロットは想像もしていなかった残酷な話に、息を呑む。それに気付いたアイスコレッタ卿が、「もう聞きたくないだろう?」と問いかけた。

「ううん、聞きたい」

「そうか。ならば——」

アイスコレッタ卿は、続きを語りはじめる。

「下半身を失った私は、回復魔法ではどうにもならなかった」

いくら強力な回復魔法の遣い手がいても、無くした体を再生させることはできない。

「下半身を失い、多くの出血をし、だんだんと意識が遠退いていく。ここで、私の人生は終わりだと思っていた」

「終わりじゃ、なかったんだ」

「ああ」

アイスコレッタ卿は今、生きている。何か、助かる手段があったのだ。

「師匠は錬金術師だった、というのは話したな？」

「うん」

「その師匠が、私の下半身を、一から再生させたのだ」

アイスコレッタ卿は拳で足を叩く。そして、ぽつりと呟いた。

「この足は、生まれ持っていた足ではない。錬金術の力を使い、作ったものなのだ」

再生には、五年もかかった。動けるようになるまでは、さらに三年かかる。

「やっと普通の生活が送れると思っていたとき、次なる問題が発覚したのだ」

「それは？」

「邪龍の呪いだ」

アイスコレッタ卿の血液に、邪龍の血が混ざっていたのだ。これは、どうすることもできない。

日に日に、邪龍の血はアイスコレッタ卿の命を蝕んでいった。呪いとも呼べるものだったのだ。

「再び、老齢の師匠を奔走させてしまった」

一年の月日を経て、呪いの効果を無効化する、板金鎧を完成させたのだ。

「以降、我が人生は、この鎧と共に在る」

「鎧を脱いだら、邪龍の呪いが発動してしまうんだ」

「そうだな。風呂も、命がけで入っているぞ」

「だ、大丈夫なの？」

「数分であれば、問題ない」

「そっか」

アイスコレッタ卿の鎧の謎は、思っていた以上に大変なものだった。

「今では、あの時死にかけた私が、一番の長生きになってしまった。人生とは、何があるか、本当にわからないな」

「シャルも、そう思うよ」

森が焼かれ、目の前で家族を失い、流れ、流れてこの国にやってきた。

「シャルのこと、みんなが受け入れてくれたの、本当に、嬉しかった」

「私もだ。顔すら明かさない相手を、皆、よく受け入れてくれたものだと、思っている」

「みんな、いい人だよね」

「本当に、だ」

さらさらと、草原に柔らかな風が通り抜ける。穏やかな中、シャルロットとアイスコレッタ卿は茶を飲んでいた。

帰ってきたら、ちょうどザラとメルがいた。帰宅したばかりらしい。

「アイスコレッタ卿、今、お風呂を沸かしたの。お先にどうぞ」

ザラがそんなことを言うので、すかさずシャルロットは叫んだ。

「ねえ、お爺ちゃんと、一緒にお風呂に入ってあげて」

「え⁉」

ザラは驚く。無理もないだろう。なかなか他人同士、裸の付き合いはしがたいものだから。

「お爺ちゃんはもうお年だから、お風呂、危ないでしょう?」

「え？　ええ、まあ、そうね」

「だから、一緒に入ってあげて」

「アイスコレッタ卿が、いいのなら、私は構わないけれど」

ザラが「お背中、流しましょうか？」と聞いたら、アイスコレッタ卿は快活に笑って言った。

「そうだな。お言葉に、甘えようか！」

こうしてザラは、アイスコレッタ卿の尊顔を拝むこととなったようだ。ちなみに、アイスコレッタ卿の尊顔は、彼の妻以外みたことがないらしい。

全身鎧姿で戻ってきたアイスコレッタ卿は、「いい湯だった」という。

シャルロットは元気よく、「よかったね」と返したのだった。

エノク第二部隊の
遠征ごはん
Enoku Dai Ni Butai No Ensei Gohan

挿話　アツアツステーキと、ザラとメルの恋を応援し隊

Enoku Dai Ni Butai
No
Ensei Gohan

第二遠征部隊にとって、メルはなくてはならない存在である。

ただ彼女は、普通の少女ではない。

フォレ・エルフの森で生まれ育ち、婚約者だったランスに「結婚はできない」と言われたため、王都に出稼ぎをしにやってきた逞しい少女である。

さらに、メルには問題があった。大きな魔力を有しているのに、魔法が使えないというもの。

魔力量を量ったところ、とんでもない量の魔力を感知した。それなのになぜ、魔法が使えないのか。

それは、フォレ・エルフが抱える問題と強く結びついていた。

当初は魔力が大きすぎるが故に魔術医が封印魔法を施している、という説明を受けていた。

しかし、そうではなく、フォレ・エルフの森には邪龍を封印していて、魔力を多く持つ者は生贄にされる。

メルを生贄にさせないよう魔術医は魔力を封じ、自らを生贄として捧げようと考えていたようだ。

フォレ・エルフの命を生贄として長年捧げてきた邪龍であったが、大英雄であるアイスコレッタ卿が討伐してくれた。

もう、フォレ・エルフは邪龍に命を捧げなくてもよくなったのだ。

それでも、メルは魔力の封印を解かなかった。

多くの魔力を抱え、暴走の危険があるという問題は、邪龍問題が解決してなお付きまとっていたからだ。

彼女は魔法を使用する才能がなく、特に多くの魔力を必要としていない。封印の魔法も、かけた魔術医やメルに負担がかかるわけでもない。そのため、そのままでもいいという話にまとまったのだ。

フォレ・エルフの村に古くからあった婚約制度は廃止となり、これからは好きな者と結婚できるようになったのである。

そんな中で、驚くべきことがあった。

婚約者だったランスが、改めてメルに結婚を申し込んだのである。周囲の者達はハラハラしながら見守っていたが、メルはきっぱりと「ザラさんと結婚の約束をしているので、無理です」と言って断った。

やっと、メルにも幸せが訪れるのだ。

お幸せにと、そんなふうに思っていたが、事件解決から三ヶ月経っても、ザラとメルは婚約発表すらしない。

本当に、あのふたりは結婚するのか？

この物語は、ザラとメルが本当に結婚するのか心配をする、ウルガスを中心とした『ザラとメルの恋を応援し隊』のメンバーの見守り記録である。

＊

終業後、第二部隊の一部の隊員達は集まり、休憩室で話し合いをしていた。

「今日、一緒にお茶を飲むアートさんと、リスリス衛生兵を発見したのですが、雰囲気は完全に、老夫婦そのものでした。初々しさを通り越して、ほのぼのしていましたよ」

と、供述するのは、『ザラとメルの恋を応援し隊』の隊員のひとりであるウルガスである。

真剣な様子で、ザラとメルが茶を飲んでいた様子を報告していた。

「なんかもう、このまま、一緒に住んでいるから、結婚しなくてもいいか、という空気感さえ、漂っていました」

「それは、どうにかしたいな」

顎に手を添えてクールな様子で呟くのは、ベルリーである。その隣で深々と頷くのは、狼獣人のガル。肩にいる人工スライムであるスラも、ザラとメルの恋を応援する者のひとりであった。

以上、三名とスラで、『ザラとメルの恋を応援し隊』は構成されている。

「ふたりを恋人同士のような、甘い空気にするには、どうすればいいものか……」

ベルリーの発言に、ウルガスとガルは腕を組んで考える。答えは、すぐに浮かばない。

「難しい問題ですね……」

そんなことを呟いていたウルガスであったが、何か閃いたようだ。ハッと肩を揺らし、着想を発表する。

「最近、最高にうまいという噂の、食堂が開店したらしいんです。ちょっと値が張るのですが、内装はオシャレで、夜は静かで雰囲気がいいみたいで」

「デートに最適、というわけか。ではウルガス、リスリス衛生兵とザラに、その噂話を自然な感じで語って聞かせてほしい」

「了解です」

翌日、ウルガスは張り切って休憩室にいるザラとメルに話しかけた。

「あ、あー、そういえば、アートさん、リスリス衛生兵、知っています？　最近、『夜啼き亭』っていう、オシャレな食堂が、できたらしいですよ」

「えー、そうなんですか？　初めて聞きます」

「どんな料理を提供しているの？」

「棍棒みたいな骨が付いた、大きなお肉を出しているみたいです」

「へー、おいしそうですね」

「今晩行ってみる？」

「いいですね」

作戦成功だ。ウルガスは内心、小躍りして喜んでいたが――。

「ジュン、案内してくれる？」

「え⁉」

「せっかくなので、一緒に行きましょうよ」

「え、いやいや、今日は、若い二人（？）で行かれたらどうですか？」

「でも、場所を知らないし」

「大きなお肉、食べたいんでしょう？」

「うっ……！」

「話しているとき、目がキラキラ輝いていましたよ？」

「ううっ……！」

ザラとメルに追い詰められたウルガスは、震える声で答えた。

「大きなお肉、た、食べたいですっ！」

「だったら決まりね！」

「楽しみにしています」

作戦は、大失敗である。ザラとメルのデート候補の店だったのに、なぜかウルガスも同行することとなってしまった。

休憩時間、騎士舎の裏手に集まった『ザラとメルの恋を応援し隊』の隊員に、涙ながらに報告した。

「す、すみません。作戦、失敗、してしまいました。なぜか俺まで誘われて、今日、一緒に行くことになりました。本当に、すみません！」

落ち込むウルガスの肩を、ベルリー副隊長はポンと叩いた。

「失敗は、誰にだってある。あまり、気にするな」

「べ、ベルリー副隊長～～！」

ベルリー副隊長は優しかったが、スラは容赦ない。身振り手振りで、ウルガスの敗因を解明していた。

まず、ウルガスの噂の伝達方法が悪かったことをズバリと指摘していた。

骨付き肉の形に変化し、バツを作る。

「えっと、骨付き肉を紹介したのが、ダメだったのですか？」

スラは頭上でマルを作る。

「確かに、デートに骨付き肉はないな」

ガルもこっくりと頷いていた。ウルガスはつい、自分の気になるメニューについて熱く語ってしまったと、反省する。

「そうなってしまったからには、仕方がない。今日は、楽しんでこい」

「うう……そうですね」

できれば、早い内から退散しよう。ウルガスはそう決意していた――。

終業後、噂となっていた店に案内する。中央街の路地裏に、ひっそり営業しているのだ。口コミで噂が広がり、店内は混み合っている。

「へえ、こんなところにお店があったのね」

「ウルガス、よくこんなお店を知っていましたね。いい雰囲気です」

店内は最低限の灯りしか点されておらず、正直にいったら薄暗い。それには理由がある。天井に、星を模した魔石の粒が輝いているのだ。そのため、満天の星の下で食事をする疑似体験ができるのだという。

四人掛けの席に案内される。

ここで、ウルガスは「失敗した!!」と思った。何も考えず、先陣を切ってしまったのである。

ザラとメルは、隣り合って座りたいのか、それとも、向かい合って座りたいのか、どちらがいいのかわからない。ウルガスが先に座ってしまったら、ふたりは選べないのだ。

一向に座ろうとしないウルガスに、店員は不審な顔を向けている。

それに気付かない振りをして、ザラとメルに席を勧めた。

「あのっ、アートさん、リスリス衛生兵、お先にどうぞ！」

「ジュン、ありがとうね」

ザラはくすりと笑い、席に腰かける。どうやら、気を回したことに気付いたらしい。なんだか恥ずかしくなってしまう。

ザラはメルの隣に座っていた。ウルガスは、ザラの前に着席する。

「メニューがお決まりになりましたら、お声がけくださいませ」

店員は二冊のメニューを差し出し、去って行った。

メニューで顔を隠しながら、フウと息をはいた。なかなか、仲を取り持つということは難しい。

ここでも、問題が発生した。ふたりの間に、割って入る存在(もの)が突如として現れたのだ。

『ウ～ン、アルブムチャンハ、何ニ、シヨウカナ～』

アルブムがザラとメルの真ん中に座り込み、メニューを覗き込んでいたのだ。

「ア、アルブムチャンさん！　お、俺と、一緒に見ましょう！」

『エ、マア、イイケレド』

アルブムはウルガスのほうに回ってきて、メニューを覗き込む。誘いに乗ってくれたので、心の底から安堵した。

『何ニ、シヨウカナ～』

「ですね～」

よくよくメニューを見たら、雰囲気のいいデート向きな料理がたくさんあった。

「星空スープに、星くずサラダ。魚の星色ポワレ、星流パイ……ですか。オシャレな味がしそうです」

この辺のメニューを上手く説明したら、もしかしたらデートになったかもしれないのに。ウルガスは奥歯をぎゅっと噛みしめる。

食べ盛りな騎士の噂話では、オシャレな料理の話なんか話題にならないのだ。

ウルガスが噂で聞いていた、棍棒のような骨が付いた肉は、星を砕く斧（※骨付き肉の炙り焼き）と書かれている。

「俺、この星を砕く斧にします」

『アルブムチャンモ！』

気が合う仲間がいたようだ。思わず、アルブムとハイタッチしてしまう。

メルは星色ポワレを、ザラは星流パイを注文する。

前菜は星空スープが運ばれてきた。星形にくり抜いた根菜がぷかぷか浮かんだスープである。

次に、星くずサラダを食べる。サラダに散らした、カリカリに焼いたパン粉を星に見立てているようだ。

メインはウルガスお待ちかねの、骨付き肉である。

棍棒のような骨付き肉は、想像以上に大きかった。斧かと思うくらいである。

焼いた肉が鍋ごと運ばれ、ジュウジュウと音を鳴らし、油を飛ばしながら、食欲をそそる匂いを漂わせていた。

「うわーー!!」

『ヤッターー!!』

アルブムと共に、大喜びしてしまう。その様子を、ザラとメルは元気がいい孫を見る老夫婦の眼差しで見ていた。

ウルガスはそれに気付き、雰囲気を老夫婦モードに持って行ってしまったと頭を抱える。

「ウルガス、アルブム、温かいうちに、食べてください」

「ええ、それがいいわ」

「すみません、では、いただきます」

アルブムがフォークとナイフを手渡してくれた。

『食ベヨー』

「ですね」

ドキドキしながら、フォークで肉を押さえ、ナイフを滑らせる。

「わっ、柔らかっ!!」

『オイシ～～イ!!』

味付けは塩、胡椒のみというシンプルなものだったが、噛むと肉汁がじゅわーっと溢れてくる。肉汁自体が濃厚なソースのようであった。

手のひらよりも大きな肉であったが、どんどんパクパク食べてしまう。十分とかからず、骨だけにしてしまった。

「うう……おいしかった。満腹です」

『アルブムチャンモ、オ腹イッパイ』

骨付き肉を平らげたあと、ザラとメルのメイン料理が届いたようだ。

メルの星空ポワレは、白身魚をバターで焼いて、星砂のようなパン粉をまぶして仕上げた一品。夜空をイメージした色の皿に盛り付けられている。

ザラの星流パイは、ひき肉をたっぷり閉じ込めたパイのようだ。キラキラ輝く肉汁が流れてくるので、星流パイと名付けられたらしい。

どちらもおいしかったようで、ふたりとも笑顔になる。お腹いっぱいのウルガスも、満たされた気持ちになった。

食後の甘味は、流れ星アイスクリーム。生クリームと牛乳をふんだんにつかったアイスクリームに、星に見立てたナッツとチョコレートソースがかけられた一品だ。

アイスクリームは濃厚で、ナッツの香ばしさとチョコレートの甘みがおいしさを引き立てる。

早めに帰ると決意していたものの、ウルガスは最後まで楽しんでしまった。

「ウルガス、おいしいお店を紹介してくれて、ありがとうございました」

「ジュン、また、みんなで来ましょうね」

「はい」

再び誘いを受けてしまった。なんて優しい人達なのだと、ウルガスはしみじみ思っていた。

翌日、ウルガスは作戦の大失敗を報告する。

「すみません……めちゃくちゃ楽しんでしまって……」

「終わってしまったことは仕方がない。気にするな」

そう言って、ベルリーはウルガスの失敗に寛大な態度を見せてくれる。ガルはウルガスの肩をポンと叩き、励ましてくれた。スラは、ヤレヤレと肩を竦めている。

「次は、私がふたりの仲を取り持ってみよう」

ベルリーに、何か作戦があるようだ。しかし実行する前に、遠征任務が入ってしまう。

本日の任務は、港町で発生している詐欺事件の調査である。田舎からやってきた若者に、仕事を紹介する代わりに金貨一枚を要求するというものだった。

紹介するというのは嘘で、実際には金貨だけ奪って逃走する悪質な事件である。

第二遠征部隊の隊員は全員、変装をした。純朴そうな、都会に染まっていない青年や女性へと。

ルードティンクは農村から出稼ぎにやってきた青年となった。目元を覆うほど深く被った帽子に、くたびれたシャツを腕まくりし、裾がほつれたズボン、大荷物を背負っている。

「どうだ？　それっぽく見えているだろうが！」

自信満々の様子だったが、どうしても腕の盛り上がった筋肉に注目してしまう。

ウルガスはぽつりと呟いた。

「俺が詐欺師だったら、絶対に声をかけません」

「なんでだよっ！」

ルードティンクはウルガスをジロリと睨み、拳を握った。

「そういうところです」

「ああ？　どういう意味だよ？」

「話しかけて、反撃しそうな物騒な人には、声をかけません」

ウルガスの言い分に納得したのか、ルードティンクは遠い目をしながら窓の外を眺めていた。

続いて、ベルリーが変装姿をお披露目する。

何百回と着込んだようなシャツにベストを着込み、色が褪せたズボンにブーツを合わせた恰好をしていた。女性の服装ではなく、男装である。それが、妙にしっくりと似合っていた。

「ああ、なるほどな。少年に変装したのか」

「ああ」

「いい感じですね。声をかけやすそうな、線の細い少年感が出ています」

ベルリーには高評価を出したからか、ウルガスはルードティンクに睨まれてしまう。自分の姿を今一度確認してほしいと、心の中でひっそりと思っていた。

次に、ガルとスラがやってくる。ボロボロの外套を着て、狼獣人だとわからないよう、頭巾を深く被っていた。腰から吊した縄は、擬態したスラである。

「おお、ガルもいい感じだな」

「さすがガルさんです！　背中を丸めているので、そこまで大柄に見えませんし」

ガルとスラは、完璧な作り込みを見せてくれた。

ザラがやってくる。大きな麦わら帽子を被って顔を隠し、庶民御用達のシャツにズボンを合わせた姿だ。

ほぼほぼ、顔が見えないだけのザラそのものだが、不思議とその辺を歩いていそうな人に思える。

「いいですね。普通な感じが、港町に溶け込んで、声をかけやすいかもしれません」

「ジュン、ありがとう」

「あら、どうして？」

すかさず、ルードティンクが偉そうに助言する。

「おい、ザラ。お前、顔は絶対見られないようにしろよ？」

「あら、どうして？」

「……」

聞き返されると思っていなかったのだろう。ルードティンクは眉間に皺を寄せ、奥歯を噛みしめるような険しい表情となる。

自分で振った話題なので、答えるしかない。キレ気味に叫んだ。

「舞台俳優みたいに顔が整っているから、仕込みか何かと思われるからだよ！」

「あら、そうなの？　まさか、クロウに顔を褒められるとは、思っていなかったわ」

「褒めてない！」

「うふふ、ありがとう。そういうことにしておくわ」

ルードティンクより、ザラのほうが何枚も上手だった。ウルガスは心の中で、「先輩、勉強させていただきます」と、拝んでいた。

ザラに続いてやってきたのは――メルだ。フォレ・エルフの長い耳は港町で目立ってしまうので、その特徴を隠せる大きな頭巾を被っている。

枯れ葉色の外套に、鞄を背負っていた。

メルの姿を見たルードティンクが、ヒュウと口笛を吹いた。

「本命が来たな。さすが、リスリスだ。田舎からやってきて、働ける場所があるのか不安な様子が、よく再現できている」

「その状況は経験済みでしたからね」

「そういえば、本物の田舎者だったな」

わりと失礼な発言であったが、メルは気にしている様子はない。代わりに、ザラがこっそりルードティンクの足を踏んでいたが。

「痛っ!!」

「あら、どうしたの?　棘でも踏んでしまったのかしら?」

「ザラ、お前……!」

今のは完全に、ルードティンクが悪い。誰も、助けようとしなかった。

最後に、リーゼロッテが不機嫌な様子でやってくる。

「もう、本当にこういうの、嫌……!」

リーゼロッテは長い髪を三つ編みにして、眼鏡は敢えて曇らせ、皺が寄ったワンピースに、足先に穴が空いた靴を履いた姿で現れる。

意外や意外。完璧な変装姿を見せてくれた。美しさや垢抜けた様子は鳴りを潜め、実に地味で、垢抜けない娘と化している。

「頑張ってみたんだけれど、どうかしら？」

「リヒテンベルガー魔法兵……すばらしい変装です！　百点満点みたいな感じです」

「あら、そう？」

ウルガスが褒めたので、リーゼロッテの機嫌はいささかよくなった。

「絶対に、リヒテンベルガー侯爵には見せられない姿ですけれど」

「あら、何か言った？」

「いいえ、なんでもありません」

ここで、ウルガスはルードティンクから指摘を受ける。

「おい、ウルガス。お前は出勤したときの私服でいるが、変装はどうしたんだよ」

「あ、俺はいつもの私服で港町をうろついていたら、声をかけられるだろうって、隠密部隊の人達が言っていました」

ウルガスは出勤時に羽織っていた、着古したジャケットにズボン姿である。それに、大荷物でも背負っていたら、変装は完了だった。

ありのままの、ウルガスである。彼は王都に生まれ、王都に育った。それなのに、変装はしなくてもいいと言われてしまう。

それもどうなんだと思ったが、受け入れる他ない。

「まあ、いい。さっさと現場に行って、詐欺師を捕まえるぞ」

「はっ！」

遠征任務の始まりである。今回、アメリアとリーフはシャルロットと留守番である。

「行ってらっしゃーい」

『クエクエー』

『クエッ！』

見送りを受けつつ、出発である。

港町までは、馬車で行くこととなった。騎士隊から御者が派遣されたので、隊員全員で馬車に乗り込む。

「こうして馬車の中に、みんなが揃うのは珍しいですね」

むしろ、初めてなのかもしれない。というのも、理由があった。新しい指示書が届いたらしい。説明するために、御者が用意されたようだ。

「船から降りる者が、よく声をかけられるようだ。そのため、木箱に入って船の中に運ばれたあと、何食わぬ顔で降りるようにと、お達しだ」

まず、船が港に着いたら、乗客を降ろすよりも先に王族に献上する品物を荷下ろしするらしい。その時間に、船内に運び込まれるようだ。

「少し息苦しいかもしれないが、我慢するようにと書いてある」

「隠密部隊の人達は、普段から木箱に身を潜めているんでしょうねえ……」

大変な仕事だと、ウルガスはしみじみ思ってしまった。

今回の任務は基本、単独行動である。だが、接触してきたときに尾行ができるよう、離れた位置にもうひとり配置する作戦を取るようだ。

「組み合わせは、俺とリスリス、ベルリーとウルガス、ガルとリヒテンベルガー、ザラは、すまないが単独行動だ」

「了解です」

普段通りの姿で来ているウルガスからしたら、どうか引っかからないでくれと願ってしまう。

同時に、給料がでたら、服を買おうと心に誓った。

「あの、みなさん。任務が始まる前に、腹ごしらえをしませんか？」

メルはそう声をかけ、鞄の中から菓子を取り出す。それは、『チョコレート・サラミ』といって、溶かしたチョコレートに、砕いたビスケットを混ぜたものらしい。

菓子が苦手なルードティンクには、普通のサラミを手渡していた。これも、手作りだという。

「クソ！　これは、酒のつまみじゃないか！　酒を出せ」

「お酒なんかあるわけないでしょう！」

メルはルードティンクに、ぴしゃりと言い返している。心底カッコイイと、ウルガスは思った。

だが、甘い。そう思っていた折に、メルはウルガスに塩をまぶした煎り豆を差し出してくれた。

チョコレート・サラミは、チョコレートが滑らかで、ビスケットのザクザクした食感がよく、とてもおいしい菓子だった。

「お口直しに、どうぞ」

「わー、ありがとうございます」

煎った豆は香ばしく、ほどよい塩気がたまらなかった。

それにしても、メルはとても気が利く。なんとなくこれがほしいな〜と思ったときに、すかさず用意してくれるのだ。こういう気配りの姿勢は、見習って自分もできるようになりたい。ウルガスはメルを心の師匠にしようと、勝手に決めていた。

腹ごしらえをしているうちに、港町にたどり着く。ここには以前、漁業組合のもめ事を解決しにやってきた。足を運ぶのは、そのとき以来である。

相変わらず、港町は人通りが多い。この中から、詐欺師を探すのは困難だろう。

変装作戦は、実に効率的と言える。

すぐに商人に変装した隠密部隊の者がやってきて、倉庫の中に誘導してくれた。

「いやはや、驚きました。上手い具合に変装されていたので、騎士隊の人だと気付くのが遅れてしまいましたよー」

褒められると悪い気はしない。ただし、ウルガス以外の人達の話であるが。

もうすぐ、船が港に到着するらしい。木箱が用意され、ひとりひとり中に入る。荷物も一緒だったので、ぎゅうぎゅう詰めにされてしまった。遠くから、ルードティンクの「クソ！」という悪態が聞こえた。どれも同じような大きさの木箱だったので、ルードティンクには小さかったのだろう。続いて、「痛たたたた！」という悲鳴も聞こえる。無理矢理詰め込まれてしまったのかもしれない。

今日ばかりは、小柄でよかったと思うウルガスであった。

木箱の蓋が閉められ、運ばれるようだ。

意外と、中は息苦しくない。快適とは言えないが、我慢できない状態ではなかった。

海の男が木箱を担ぎ上げ、船の中へと運んで行く。

ゆ～らゆらと、独特な動きで箱が揺らされ、ウルガスは気持ち悪くなった。口元を押さえて、なんとか耐える。船の倉庫にたどり着き、船員が木箱の蓋を開いた。魔石灯で顔を照らされ、眩しくて目を閉じてしまう。

灯りによって浮かび上がった顔色が悪かったからだろうか。船員が心配し、声をかけてくれた。

「大丈夫か？」

「う……はい」

すかさず、メルがウルガスに酔い止めの薬を手渡してくれた。

「はい、ウルガス。これを飲んだら、よくなりますよ」

「あ、ありがとうございます」

もうひとり、船に乗った途端、具合を悪くする者がいた。ルードティンクである。

「あ、ルードティンク隊長もですか？　え？　船に乗った途端、具合が悪くなったですって？　船は動いていないのに」

ルードティンクは船内の独特な空気と、ふよふよ漂う感じが苦手なのかもしれない。

もうすぐ下船時間になるというので、任務開始だ。ウルガスは荷物を抱き、ベルリーと離れないよう、付かず離れずの距離で歩いて行く。

船のエントランスは、人がぎゅうぎゅうだった。ここは第三船室から第五船室の者達が下りる出入り口がある。皆、騎士隊が用意した変装用の服と似たような恰好をしている。各々、地方からやってきた者達のようだった。

扉が開かれると、後ろからぐいぐい押された。

「どわっと!!」

背中を強く押され、苦しくなる。ベルリーは大丈夫か。視線を向ける前に、声をかけられてしまった。

「おい、大丈夫か？」

ベルリーがウルガスを心配そうに覗き込んでいた。同じようにもみくちゃにされているようだが、特に辛そうには見えない。

「あ、えっと、俺は大丈夫です。ベルリー副……じゃなくて、ベルリーさんは大丈夫ですか？」

「ああ、平気だ」

心配するつもりが、逆に心配されてしまう。だから、ベルリーはモテるのだなと、ウルガスは学んだ。

もみくちゃにされながらも、なんとか下船する。

下りた先には、商人が待ち構えていた。菓子や酒、新聞や弁当など、売りつけようという魂胆らしい。

キョロキョロと辺りを見回す。いろんな物が売られていて、楽しそうだ。

「タレをたっぷり塗った、串焼き肉はいかがだい⁉」

「焼きたてのパンだよ！」

「新鮮な、果物はいかが？」

先ほどチョコレート・サラミを齧ったばかりなのに、ウルガスの腹は空腹を訴えてぐーっと鳴っていた。

任務中ではあるものの、下船してきた者達は買い食いしている。場に溶け込むために、買ってしまおうか。

そんなことを考えていたら、後ろから誰かが勢いよくぶつかってくる。

「ど、どわー！」

「ああ、すまない！」

振り返った先にいたのは、眼鏡をかけた三十前後の男だった。髪は整髪剤で整えられ、外套は上等なものを着ている。貴族までとはいかないが、裕福な暮らしをしているのはひと目でわかった。

ぶつかられた背中は、若干ズキズキと痛んでいる。鞄を背負っていたらここまでダメージはなかったが、残念なことに現在腕の中に抱いていた。

ウルガスは胡乱げな瞳で、男を見る。

「本当に、すまなかった。怪我はないか？」

「いや、大丈夫ですけれど……たぶん」

「へえ、君、発音と言葉遣いがきれいだね。どこかで習ったの？」

「あ、それは――」

ウルガスはぎくりと肩を震わせる。海を渡ってきた者達は、都会的な喋り方などしないからだろう。

現在潜入調査中で、田舎者になりきらなければならないのに。

しかし、指摘されたので、詐欺師に話しかけられたときには砕けた言葉遣いができるだろう。

大丈夫。まだ、失敗していないと、ウルガスは自身に言い聞かせた。

「もしかして、裕福な家庭の者達が出入りする職場にいたのかい？」

裕福な家庭の者達と聞いて、ルードティンクやリーゼロッテが思い浮かぶ。

「あ、はい。そうなんです」

「そうか。大変な仕事だっただろう」

「それはもう。しょっちゅう怒鳴られていましたから」

嘘ではない、嘘では。ウルガスは遠い目をしながら話す。

「ヤツらは横暴で、自分勝手だからな。俺にも分かるよ」

なかなか話の分かる男だった。ウルガスはウンウンと、頷く。

「あ、そうだ。そこの串焼きを奢ってやるよ。さっき、見ていただろう？」

「あ、はあ。でも、悪いですよ」

「ぶつかったお詫びだ。受け取ってくれ」

男はタレ味と塩味の串焼き肉を買い、ウルガスに手渡してくれた。任務中に食べてもいいのか。近くにいたベルリーに視線を移すと、コクリと頷いていた。食べてもいいらしい。

人混みを避け、木箱が積まれた辺りに腰を下ろして串焼き肉を食べることにした。

ベルリーも、違和感がない程度についてきている。

ここからならば、下船してくる人達がよく見えていた。

「さあさ、遠慮なく食べてくれ」

「い、いただきます」

まずは、タレから。猪豚（スース）に甘辛いタレが付けられていた。表面はカリカリになるまで焼かれ、噛むと肉汁が溢れてくる。とてもおいしい串焼き肉だった。

「どうだ？」

「おいひい、です……！」

任務中なのに、幸せ気分を味わってしまった。こんなおいしいものを奢ってくれるなんて、いい人だとしみじみ思ってしまう。

「王都には、観光か？」

「いえ、移住です」

「そうか。知り合いがいるのか？」

ウルガスは首を振る。事前に、変装をするにあたっての設定を決めていたのだ。出稼ぎをするために王都にやってきて、これから住む場所と仕事を探す、希望に満ちあふれた青少年である、と。

「いいえ、いないです。これから決めるところで」

「大変だな」

「ええ。でも、王都は住む場所も、働く場所もたくさんあると聞きました」

「身分と、金がある者は、な」

急に、男は真剣な表情になる。ウルガスは思わず、塩味の串焼き肉を、噛まずにゴクンと飲み込んでしまった。若干、もったいないことをしたと、後悔する。

串焼き肉に気を取られている場合ではない。任務に集中しなければ。

「それは、どういう意味ですか？」

「王都が夢のような場所だと言う者は多いが、実際は違う。貴族が街で大きな顔をし、市民は小さくなって生きている。身分も金もない者は、職にあぶれているんだ」

「……」

男の言う通り小市民は貴族に逆らえないし、仕事も多くない。ウルガスが騎士を選んだ理由も、下町生まれでもいい暮らしができると聞いたからだ。

「貴族は、悪い奴らが多い。気を付けることだな」

「は、はあ……」

そればかりは同意できない。彼は知らないのだろう。騎士隊に所属する多くの騎士が、貴族の生まれであるということを。彼らは恵まれた環境に育ったのと引き換えに、最前線に立って戦っている。

いつだって、命をかけて戦うのは貴族だ。

ここで、初対面の男と語り合うつもりは毛頭なかったが。

あまり、長く話し込まないほうがいいだろう。ベルリーも、見ている。

「あの、串焼き肉、おいしかったです。ありがとうございました。では、また」

「待て」

立ち上がろうとするウルガスの腕を、男が掴む。男は顔を近づけ、小さな声で囁いた。

「いい話があるんだ」

「い、いい話、とは、なんですか?」

「まあ、座れ」

言われた通り、ウルガスは座る。任務があるので断ってもよかったが、いい話と聞いて気になってしまったのだ。

「それで、いい話、というのは?」

「王都で、仕事を紹介してやる」

「仕事、ですか?」

「ああ。俺は、職業の斡旋を仕事にしているんだ。田舎からやってきた、あんたみたいな人を相手にね」

「へー。そうだったのですね」

いい服を着ているので、結構儲けているのだろう。ぼんやりと、そんなことを考えていた。

「最大の利点は、紹介状がないと働けないところで、働けることだ」

「へー、すごいですね！」

田舎からやってきた者達が、路頭に迷うことなく仕事を紹介してもらえるのはすばらしい仕組みだ。いい時代になったと、ウルガスはしみじみ思ってしまう。

「どんなお仕事があるんですか？」

「そうだな。あんただったら、言葉遣いがきれいだから、貴族の邸宅で従僕なんかできるだろう」

「お、おお～～！」

貴族の家で働くことこそ、紹介状なしにはできないだろう。職の選択肢が増えると、将来に無限の可能性が広がる。

もしも、ウルガスが職を探していたときに彼と出会ったら、今、騎士をしていなかったのかもしれない。

「俺、毎日たいちょ……ではなく、親方に叱られてばかりで、仕事が向いていないと思っていたんです」

「そんな職場、辞めて正解だ」

まだ、辞めていないし、親方もウルガスのほうをじっと見つめている。メルもいた。

いつの間にか、合流していたようだ。

買い食いを行い、話しこんでいたので、今から叱られるのだろうか。戦々恐々としてしまう。

「金貨一枚だ」

「へ？」

「仕事の斡旋料だよ。金貨一枚さえ渡してくれたら、どんな仕事でも紹介してやる」

金貨一枚というのは、騎士隊エノクの初任給だ。下町の者ならば、三ヶ月分の給料に該当する。

「いいか？　貴族の家で働いたら、金貨三枚は毎月もらえるだろう。それを考えたら、安いものだろ？　金貨一枚で、幸せになれるんだ」

最後の金貨一枚で、ウルガスはハッとなる。詐欺師は、職業の斡旋と引き換えに、金貨一枚を要求していたと。ようやくウルガスは気付く。この男こそ、詐欺師であると。

心の中で頭を抱える。下船して五分と経たずに、ターゲットにされていたのだ。

男はウルガスが串焼き肉を眺めていたことを知っていた。

つまり、ぼんやりした田舎者だと確認してから、強めにぶつかったのだ。

強めにぶつかったのには、理由がある。慰謝料として串焼き肉を受け取らせるためなのだろう。

ウルガスはあっさり騙され、串焼き肉を受け取ってしまった。その上、身の上話までしてしまった。

今の今まで、ウルガスは相手が詐欺師であると勘づいていなかったのだ。

ベルリーは気付いていたのかもしれない。最初に視線を合わせた意思疎通は、肉を食べていいという許可ではなく、相手を警戒しておけという指示だったのだ。

ウルガスがどうすればいいかは、よくわかっていた。

このまま、騙されるということだ。

「えーっと、手続きは、ここでできるのですか？」

「ああ。事務所がある。案内しよう」

「何から何まで、すみません」

「いいってことよ」

男はウルガスの肩をバン！　と叩いた。先ほどぶつかった若干痛みが残る部位だったが、歯を食いしばって我慢した。

「事務所はこっちだ」

「はーい」

男が先導する。その隙に、ウルガスはルードティンクとベルリーに視線を送った。

ふたりは揃って頷き、あとを付いてきてくれる。

あとから、ザラとガル、リーゼロッテも合流する。これで、第二遠征部隊は揃った。安心だろう。

職業斡旋の事務所は、港町にある倉庫のうちのひとつを借りているようだ。

「ここだ」

「はあ、大きな倉庫ですね」

「まあな」

扉を開き、お邪魔させてもらった。

「事務所といっても、物置みたいなもんだがな」

男の言う通り、中には木箱が積んであった。おそらく、事務所というのは嘘で、適当に扉が開いていた倉庫を案内したのだろう。

仲間らしき人はいない。単独犯なのだろうか。

「きちんとした事務所は、王都にある。ここは、仮の事務所だな」

「王都のほうには、その、お仲間がいらっしゃるのですか？」

「ああ。社員は五人だけの、小さな会社だがな」

あまり、深く聞かないほうがいいだろう。逆に、怪しまれる。まずは、金銭と引き換えに、仕事を紹介しているかを、確認しないといけない。

「えっと、お仕事が決まるまでの流れを、聞かせていただけますか？」

「ああ、簡単だ。登録金を受け取ったあと、数時間で仕事の手配をする。ここで、待っていてほしい。王都へ向かう馬車を準備するから」

「なるほど」

男の声は、倉庫内でよく響き渡る。他の隊員にも、会話は届いていることだろう。

ウルガスは話を続ける。

「仕事は、貴族の邸宅の、従僕でいいのか？」

「俺に、務まるでしょうか？」

「大丈夫だよ。前職の親方のように、失敗しても怒鳴らないから」

「わっ……、う、嬉しい、です」

親方ことルードティンクが話を聞いているので、ウルガスは「ウワ～～！」と叫びそうになったが、ぐっと我慢した。

「では、従僕で、お願いします」

と、ここで気付く。金貨一枚分も持っていないことに。

「あ、すみません。俺、金貨一枚分も、所持金がなくて」

「持っている分だけ渡してもらって、後日払っても構わない。その代わり所持品を担保として預かっておく」

ウルガスは財布の中身をすべて男に差し出し、担保としてナイフを預けた。持ち手の一部に、銀が填め込まれているらしい。

これは以前、ルードティンクから譲り受けた品だ。普通のナイフだと思っていたが、値の張るものだったらしい。

ウルガスは内心「親方……！」と感極まっていた。

「よし。じゃあ、二時間後にまたここにくるから。悪いが、この場で待機していてくれ」

「はい！　よろしくおねがいいたします」

男は足どり軽く、倉庫から出て行く。あとは、誰かが尾行してくれるだろう。そう思っていたが、外から
「ぎゃ〜〜〜！」という男の悲鳴が聞こえた。

山賊か何かに襲われたのか。ウルガスは走って倉庫の外に飛び出した。

「痛い！　痛い、痛い！」

「こいつ、大人しくしやがれ」

男にのしかかっていたのは、筋骨隆々の大男。ウルガスは思わず叫んでしまった。

「お、親方〜〜〜！」

「誰が親方だ。おい、ガル、こいつをスラで拘束しろ！」

ガルの仕事は速かった。スラを投げつけ、手足をきつく縛っていた。

「お、お前達、なんなんだ⁉　山賊の一味か⁉」

「んなわけあるかよ！」

それにしても、拘束するのが早すぎやしないか。ウルガスは不思議に思って問いかけた。

「あの、ルードティンク隊長、こいつ、現行犯逮捕ではなくてよかったのですか？」

「ああ。こいつが倉庫から出てきたときに、『いいカモだった。これでうまいもんでも食おう』と抜かしていたもんでな」

ここで、男はここにいる者達がウルガスの仲間である上に、騎士だと気付いた。

「お前ら、騎士だったのか！」

「そうだよ。まったく、誰が山賊だよ」

ルードティンクの背後にいた隊員すべてが、ルードティンクを見ていたことは黙っておいたほうがいいだろう。

「これから王都まで連行して、悪事をすべて聞き出すからな。覚悟しておけ」

「ク、クソー！」

男はルードティンクとガルが、ふたりがかりで運ぶ。事件は無事、解決しそうだ。

ベルリーが、肩をポンと叩いて労ってくれた。

「ウルガス、ご苦労だったな」

「い、いえー」

「それにしても、よく、相手が詐欺師だと気付いたな」

「はは……なんと言いますか……勘です」

串焼き肉を奢ってくれるという話に、ホイホイ付いていったなどとは口が裂けても言えなかった。

無事、犯人は拘束された。これ以上、詐欺に遭う人はいなくなるだろう。

大事なのは、過程よりも結果だ。

ウルガスはひとり、そんなことを考えていた。

＊

事件が解決した翌日――再び『ザラとメルの恋を応援し隊』の隊員達は終業後の、夕日が差し込む休憩室に集う。

他の隊員は全員、退勤した。活動を妨げる者はひとりとしていない。

「それでは、はじめるぞ」

まず、前回の活動を振り返る。それは、ウルガスがザラとメルのデートに参加してしまうという、致命的な失敗だった。

今度は、確実にふたりで行くような場所に誘導しなければならないだろう。

「そういえば、ベルリー副隊長が、何か作戦があると言っていましたね」

「ああ。これなのだが」

サッと差し出されたのは、演奏会の入場券だった。五枚あり、そのうちの二枚は個室の特別席である。

「この、特別席の二枚を、ザラとリスリス衛生兵に渡そうと思っている」

「いいですね！　演奏会で、ロマンチックで素敵な雰囲気になるかもしれません！」

残りの三枚のチケットでベルリーとウルガス、ガルが参加し、ふたりの様子も確認できる。『ザラとメルの恋を応援し隊』の活動をするためにあるような入場券であった。

「でもこれ、どうしたんですか？」

「王都の商店街の、クジで当たったんだ」

「ああ、前にやっていましたね」

ウルガスも靴を買い、一回引いたが、残念賞の飴しかもらえなかった。

「しかし、いいのですか？」

「いい、というのは？」

「ベルリー副隊長は、その、これをデートに使わなくて」

「いいんだ」

ベルリーは遠い目をしながら答える。

もしかして、触れてはいけない話題だったか。ウルガスは横目でガルを見る。

すると、気にすることはないと、背中を優しくポンポン叩いてくれた。

二年前にベルリーから「知り合いの紹介で出会った男性と婚約した」、という報告を受けていた。メルが配属される前の話である。

その後、婚約者と結婚するという話題は一度も上がらなかったのだ。誰も触れずにいたのを、ウルガスがうっかり触れてしまったのだ。

「すまなかったな。報告するだけしておいて、あれからどうなったか話していなかった」

ベルリーは眉間に皺を寄せ、険しい表情で語りはじめる。

「簡単に説明するならば、婚約は破談となった」

「そ、そう、だったのですね」

「ああ。しかも、婚約をしてから、わりと早い段階だった。なんとなく言い出せないまま、二年も経っていたな」

ベルリーは「少しだけ、話してもいいか？」と聞いてくる。ウルガスとガルは頷いた。

「破談の原因は、浮気だ」

「なっ……！　ベルリー副隊長という人がありながら、そんなバカなことをしていたのですね」

「本当に、信じられないヤツだった」

ベルリーは遠征帰りに、彼が見知らぬ女性と宿に入っていくところを目撃してしまったらしい。ベルリーはその場で待機し、宿から出てきたのと同時に問い詰めたのだとか。

「しかし、私にとっては、許せないことだった」

結婚していないうちの付き合いは、浮気にならないと婚約者だった男は主張していた。

その場で婚約破棄を言い渡し、関係はあっさり途切れたと。

「なんていうか、本性は深く付き合わないと、わからないですからね」

ガルとスラは、揃って深々と頷いている。

「私の、男を見る目がなかったのだ」

「そんなことないですよ」

結婚話はかつて世話になった上司の紹介だったので、その場で了承してしまったらしい。

一方、元婚約者だった男も、結婚が昇進に繋がるという目的があったのだとか。

「まあでも、そういう男は結婚しても謎理論を持ち出して浮気をするので、婚約が破談になってよかったと思います」

「そう……だな」

話し終えたあと、ベルリーは深々と頭を下げた。「ありがとう」と、礼も付け加える。

「ど、どうしたんですか！　頭なんか下げて！」

「いや、なんとなく、私の中でずっとモヤモヤしていたことだったんだ。話をしたら、きれいさっぱりなくなったから。ウルガスや、ガル、スラのおかげだなと」

誰かに話すことで、気持ちが楽になる時もある。触れてしまったときは「やらかした！」と思ったウルガスであったが、これでよかったのだとしみじみ感じていた。

「すまない。話題が逸れてしまった。リスリス衛生兵と、ザラに、演奏会の入場券を渡すという作戦だったな」

明日、ベルリーが手渡すようだ。

「なるべく自然に渡せるよう、努める」

「ええ、お願いいたします」

これにて、『ザラとメルの恋を応援し隊』は解散となった。


無事、ベルリーはメルとザラに演奏会の入場券を渡すことに成功した。

忙しい日々を過ごしているうちに、演奏会当日となる。

ベルリーとウルガス、ガルとスラは、三階席で演奏を聴く。

「もうそろそろ、リスリス衛生兵とアートさんは来ましたかね～」

一階席の少し上に作られた、露台式の個室を覗き込んだが――姿は見えなかった。

「ああいう席って、上の階から見えないようになっているのですね」

「そう、みたいだな。すまない。普段、こういうところに出入りしないゆえ」

ガルやスラは個室を使ったことはあったが、外からどういうふうに見えていたか知らなかったようだ。

「まあ、たぶん、楽しんでくれていますよね？」

「そうだな」

開演時間となり、会場の照明が落とされる。演奏が、始まった。

今回は勇者を鼓舞する楽曲ばかりで、どれも律動的なものばかりであった。

勇ましい音楽の数々に、ベルリーは遠い目となっている。

恋人達が肩寄せ合って聞くような、ロマンチックな曲ではなかったからだろう。

終演後——反省会となった。

「すまない。まさか、勇者を鼓舞する曲ばかりの演奏会だったなんて」

「いや……まあ、カッコイイ曲ばかりで、俺でも楽しめましたし……って、俺が楽しんでも仕方がないですね」

ベルリーの作戦も、失敗だった。

「次、行きましょう」

「そうだな」

第三回の作戦実行者が、挙手する。スラだった。

「スラちゃんさん、何か、いい作戦があるのですか？」

ウルガスの問いかけに、スラは胸を張ってドン！　と拳を作って胸を叩いていた。

まるで、「スラちゃんに任せなさい！」と言わんばかりである。

身振り手振りで、説明をはじめた。まず、星の形をたくさん作り、天井に向かって上げる。

「えっと、それは、星空、ですか？」

スラは頭上でマルを作る。どうやら正解らしい。

再び星を作ったあと、その星が左右に動く。

「それはもしや、流れ星、か？」

ベルリーの問いかけに、スラは頭上でマルを作った。これも、正解のようだ。

続いてガルの懐から予定帳を取り出し、今日にあたる日付の欄をペンで真っ黒に塗りつぶす。次の日は、星が一つだけ。その次の日は、星がたくさん描かれる。さらに、次の日は流れ星が描かれた。

「スラちゃんさん、三日後に、たくさん流れ星が見られる夜がある、ということで間違いないですか？」

スラは満面の笑みを浮かべ、大きなマルを作った。

「そういえば、鷹獅子（グリフォン）流星群の時期だったか」

「鷹獅子流星群、ですか？」

「ああ。幻獣鷹獅子が大空を舞うように、美しい流れ星がいくつも観測できる夜があるのだ」

「へえ、そうなのですね！」

一年に一度の、初夏の風物詩のようだ。

「俺、知りませんでした」

「王都は夜も明るいから、あまり観測できないのだろう」

「ああ、なるほど。そういうわけでしたか」

ベルリーの故郷である地方の港町では、それはそれは美しい流星群が見えるのだとか。

メルとザラの家は王都から離れているので、流れ星を見ることができるかもしれない。話してみる価値はあるだろう。

今回は、スラが挑戦するらしい。ガルの予定帳を使って、説明に挑んでみるようだ。

メルはスラの言いたいことを、よく理解してくれる。きっと、上手く伝わるだろう。

翌日、スラは朝からメルとザラを呼び寄せ、鷹獅子流星群について説明し始めた。

無関係ですとばかりに、新聞を広げて読んでいたウルガスまでも緊張する。

「え、鷹獅子の流れ星ですか？　二日後の夜に見える？」

「へえ、素敵ね！」

メルとザラは興味を示していた。新聞紙に隠したウルガスの顔は、にやついていることだろう。

きっと、ロマンチックな夜となるに違いない。ウルガスは確信していたが――。

「では、シャルロットとアイスコレッタ卿を誘って、見てみますね」

「いいわね。温かい飲み物も用意しましょう」

ふたりの発言を耳にしたウルガスは、椅子からころげ落ちた。

ドタッ！　という大きな音が、休憩室に響き渡る。

「うわっ、ウルガス、大丈夫ですか？」

「やだ、ジュン。居眠りでもしていたの？」

「いえ……大丈夫、です」

スラ渾身の作戦だったが、同居人について失念していたようだ。

どうしてこうなった……！

この場にいた、『ザラとメルの恋を応援し隊』の隊員一同の思いが、ひとつになった瞬間である。

＊

皆、鷹獅子流星群作戦を諦め、朝から次の作戦について考えていた。

昨日、鷹獅子流星群を観測できる晩だったようだが、ベルリーが言っていたとおり王都の空からは見えなかった。

「次は、どうしますかねえ～」

「メイドから、新しい雑貨屋についての情報を聞いたのだが――」

話の途中で、メルとザラが入ってきた。皆、おかしく思われないよう、自然な様子で挨拶をする。

「アートさん、リスリス衛生兵、おはようございます」

「おはようございます」

「おはよう」

続いて、リーゼロッテもやってきた。いつも朝は休憩室には立ち寄らず、アメリアとリーフのところばかりにいるので、珍しいことだった。

「あれ、リヒテンベルガー魔法兵、どうしたんですか？　朝からここに来るなんて、珍しい」

「メルとザラ・アートが、話があるって言っていたから」

「話、ですか？」

メルとザラを見ると、ふたりともニコニコ微笑んでいる。話とはなんなのか。ウルガスは首を傾げるばかり。

続いて、シャルロットも顔を覗かせる。

「なんか、シャルも、ここに集合って言われたんだけれど」

シャルロットはベルリーの隣に、ちょこんと座った。

「ごめんなさいね、朝から集まってもらって」

「ベルリー副隊長には、個別に報告しようと思っていたのですが、ここにいらっしゃったので」

「ああ、構わない。何事だろう?」

改まって話があると言われると、緊張してしまう。ウルガスは背筋をピンと伸ばした。

「実は、私達、近いうちに結婚することになって」

「どえええええ〜〜っ!?」

驚きのあまり、ウルガスは叫んでしまった。隣に腰掛けていたリーゼロッテに、「声が大きいわ」と怒られてしまう。

「ザラ、リスリス衛生兵、おめでとう」

「ありがとう」

「ベルリー副隊長、ありがとうございます」

なんでも、ふたりはふんわりと結婚の約束はしていたようだが、具体的な話は何一つ決めていなかったらしい。

「昨日、鷹獅子流星群を見ていたら、願い事を叶えようって話になって」

ふたりは「幸せな結婚ができますように」と祈ったようだ。

「それで、だったらもう、結婚しちゃいましょうよ、って話になって」

暗い表情だったスラだったが、花が綻んだように明るくなる。手を伸ばして歓喜していた。

ガルも、耳をピンと立て、目をまんまるにして驚き、そして、喜んでいる。

ベルリーは、目が潤んでいた。感極まっているのだろう。

ウルガスは——涙をポロポロと流していた。やっと、ふたりの恋が愛になるのだとわかり、感動しているのだ。

「ちょっ、ウルガス。どうして泣いているのですか？」

「お、おふたりの結婚が、う、嬉しくて」

「私達のために、泣いてくれるの？　優しい子ね。ジュン、ありがとう」

ザラがウルガスを、そっと抱きしめる。

ウルガスはザラの胸で、号泣してしまった。

報告はメルとザラの結婚だけではなかった。もうひとつ、あるらしい。

「騎士隊の規定で、夫婦は同じ部隊に所属できないらしいの。でも、メルちゃんは第二部隊に必要でしょう？　だから、私が異動することを望んだのだけれど——」

ルードティンクがふたりに示したのは、メルの異動だったらしい。

「えええええー！　リスリス衛生兵、い、いなくなるん、ですか⁉」

「えっと、まだ確定ではないのですが、騎士隊に新しい部署ができるとのことで、そこに異動してほしいと、以前から打診があったという話を聞きました」

打診はずっと、ルードティンクが断っていたらしい。しかし、結婚するならば、その部署に異動したほうがいいのではという話が出たようだ。

「ってことは、また、新しい衛生兵がくるってことですか？」

「そうね。でも、メルちゃんがしていたことと、同じことを望んだらダメよ」

「ですよね」

なんだか寂しい気持ちになる。ウルガスはずっと、どんなに困難な任務でも、遠征にメルがいたらなんとかなるのではと考えていたのだ。

「ウルガス……部隊は変わっても、お付き合いしてくれますよね？」

「それは、もちろんです。いつまでも、リスリス衛生兵は、仲間、ですよ」

そんなことを口にしたら、また泣けてくる。引っ込んでいた涙が、再び眦（まなじり）から溢れてきた。

「なんていうか、俺、ずっとリスリス衛生兵に、助けてもらっていたんだなって思って」

戦闘が長引いて疲れても、メルがおいしい食事を用意してくれる。それが、どれだけ心の支えになっていたか。メルの明るさ、前向きな性格にも、救われていた。彼女は第二部隊の癒やしだったのだ。

「本当に、なんとお礼を言っていいのやら……」

「私だって、ウルガスに助けてもらっていました」

「お、俺に、ですか？」

「ええ」

第二部隊は精鋭の集まりだった。皆大人で、ちょっとやそっとのことでは動揺していなかったが、ウルガスは違った。

「いつも一緒に驚いたり、嫌がったり、楽しんだり……ウルガスがいたから、私はここにいていいのだと、思うときもあったのです」

「リスリス衛生兵〜〜!!」

涙で顔をぐちゃぐちゃにするウルガスの顔を、メルはハンカチで優しく拭ってくれた。

「ウルガス、泣き過ぎですよ」

「リスリス衛生兵も、泣いていいます」

「ウルガスが、泣くからです」

しんみりとしてしまったが、メルとザラの結婚が決まったのは大きな一歩だ。これ以上、嬉しいことはないだろう。

「アートさん、リスリス衛生兵、おめでとうございます！」

ウルガスだけではない。『ザラとメルの恋を応援し隊』の隊員と、リーゼロッテ、シャルロットは、メルとザラの結婚を祝福する。

ふたりは満面の笑みで、「ありがとう」と言ったのだった。

結婚式は〝遠征ごはん〟のごちそうを囲んで

Enoku Dai Ni Butai
No
Ensei Gohan

スラちゃんから、『鷹獅子流星群』というものを教えてもらった。

なんでも、大空を舞う鷹獅子のように、空を駆ける優美な流れ星が次々と見られる日があるらしい。

それはぜひとも、見てみたい。次の日は仕事だけれど、ザラさんは乗り気だった。

ちょっとくらいならば、夜更かしをしてもいいだろう。

鷹獅子流星群が見られる日は、早々に帰宅する。

シャルロットやアイスコレッタ卿も誘い、外で夕食を食べながら、のんびり流星群を見ようという話になっていたのだ。

ザラさんがお手製の薔薇模様の敷物を広げ、お皿を並べてくれる。アイスコレッタ卿とシャルロットは、焚き火を起こしてくれた。

鷹獅子流星群ということで、アメリアとリーフも外に出てきている。興味があるらしい。

ウマタロは興味がないのか、庭に転がって眠っていた。

火が苦手なコメルヴは切り株の上で、葉っぱで作った笛を吹いている。虫の合唱に合わせて、演奏しているように聞こえた。

『メルー、食器、持ッテキタヨ』

「あ、アルブム。ありがとうございます」

アルブムは家からナイフとフォークを持ってきて、お皿の上に配ってくれる。お手伝いができる、いい子だ。よしよし撫でてあげたら、『デュフフ』と鳴いていた。

アイスコレッタ卿は手作りソーセージをふるまってくれた。なんでも、国立図書館に赴き、ソーセージの作り方を学んだらしい。

「森で採れた香草と薬草を、猪豚(スース)のひき肉に混ぜたソーセージだ。心して、味わうとよい」

ソーセージは鉄串に刺し、各々焼く。

アルブムは欲張って、大きなソーセージを選んでいた。そのため、重くて倒れそうになる。

『ワワーット!!』

「アルブム、そんな大きなソーセージを取って」

『コレガ、一番オイシソウダッタノ!』

「はいはい。転んで、焚き火の中に突っ込まないでくださいね」

『ヒエエ……!』

可哀想に思ったのか、アイスコレッタ卿はアルブムの分のソーセージも炙ると言ってくれる。

『ワー、オ爺チャン、アリガトウ』

「気にするでない」

焚き火がパチパチ燃える音だけが、聞こえる。時折、ソーセージの脂が滴って火に落ち、ジュワッという音を鳴らしていた。

「しっかり味は付けているが、好みでソースをかけるとよい!」

アイスコレッタ卿は練り唐辛子(ピマン)や、赤茄子(トマテ)のソース、塩、胡椒といろいろ用意してくれた。

「うーん、どうしましょう。とりあえず、一口目は何も付けずに食べますか」

シャルロットは真剣な表情で、ソーセージを焼いていた。いい感じの焼き色が付いている。

「もうそろそろですかね」

「ほら、アルブムの分も、焼けたぞ」

『ワーイ！　アリガトー！』

アルブムは、アイスコレッタ卿が焼いてくれたソーセージにかぶりつく。すると、肉汁がドバッと溢れてきたようで、口の端からポタポタと滴らせていた。

『ア、熱ーーッ!!　デモ、オイシーイ!!』

どうやら、かぶりつくのは危険らしい。串から引き抜いて、ナイフで切って食べたほうがよさそうだ。

アルブムの犠牲は忘れない。そんなことを考えながら、カットしたソーセージを食べた。

「んんっ！」

皮はパリパリで、カットしているにもかかわらず、肉汁が溢れてきた。薬草と香草の味が利いていて、お酒が飲みたくなるような味わいである。

「アイスコレッタ卿、おいしいです」

「本当に。熟練の職人が作ったソーセージのようだわ」

「シャル、このソーセージ、大好き！」

「そうか、そうか。それはよかった」

続いて、アイスコレッタ卿は焚き火に鉄板を置き、大きな三角牛(カローヴァ)を焼いてくれる。味付けは、塩胡椒というシンプルなもの。

ジュージュー焼いている間、アルブムはよだれをだらだら零していた。

ほどよく焼けたら、銀のナイフで切り分けてくれる。

「焼けたぞ。どこの部位がいい？」

『アルブムチャン、脂身ガイイー！』

「承知した。たくさん食べよ」

『アリガトウ！』

皆に、炙り三角牛を切り分けてくれた。これはお昼に、アイスコレッタ卿が市場まで買いに行ったもののようだ。何軒か精肉店を回り、厳選してきたものらしい。

早速、一口大にカットして食べてみた。

シャルロットは、目をキラキラさせながら叫んだ。

「ああ、お肉が舌の上でとろける～～っ!!」

『アマリニモ、オイシスギル!!　アルブムチャン、ココノ家ノ子ニナル～～!!』

「アルブムはここの家の子でしょう」

『ア、ソウダッタ!!』

「シャルも、ずっとずーっと、ここの家の子に、なりたーい！」

「シャルロットも、ずっとずーっと、ここの家の子ですよ」

「え、いいの？」

「もちろん」

「あ、ありがと。シャル、本当に、嬉しい」

シャルロットがぎゅっと抱きついてくる。ふかふかの耳を、よしよしと撫でてあげた。

もしかして、いつまでここに住めるかとか、気にしていたのだろうか。

シャルロットの瞳に、涙が滲んでいたような気がした。もっと早く、安心させておけばよかった。

彼女も大事な家族だ。可能であれば、ずっと一緒にいたい。そんなことを思ってザラさんのほうを見たら、優しく微笑んでくれた。

しんみりしていたところで、思いがけない発言が飛んでくる。

「メル嬢、私は……ここの家の子に、なれるのだろうか？」

突然、アイスコレッタ卿が真剣な声色で聞いてくるので、飲んでいたお茶を噴き出しそうになった。

「アイスコレッタ卿も、お好きなだけ、ここに滞在していただけたら、嬉しく思います」

「ふむ。感謝するぞ。では今から、私もここの家の子だ」

アイスコレッタ卿の発言に、笑ってしまう。楽しい夜は過ぎていった。

ホットチョコレートを飲みながら、夜空を眺める。すると――。

「あ、流れ星だぞ！」

アイスコレッタ卿が指差すと、キラリと星が流れていった。

「本当だわ」

次々と、夜空に星が流れていく。これが、鷹獅子(グリフォン)流星群のようだ。

「きれい……」

「シャル、あんなの、初めて見たかも」

しばらく眺めていたが、シャルロットがくしゅんとくしゃみをした。

「うー、ちょっと寒いね」

『アルブムチャンデ、暖ヲ、取ル？』

「うん」

温かいアルブムを抱いていたら、眠くなってしまったようだ。

「シャル、もう寝ようかな。明日も、仕事だし」

「私も寝よう。明日は、朝市に行かねばならないからな」

アイスコレッタ卿はアルブムを首に巻いたシャルロットをおんぶして、家の中へと連れ帰ってくれる。虫と演奏していたコメルヴも、アイスコレッタ卿の肩に飛び乗って帰っていった。

アメリアとリーフも、眠いと呟き帰っていく。

「メルちゃんはどうする？」

「もうちょっとだけ、見ています」

「だったら、私も」

シャルロットの言っていたとおり、少しだけ冷える。肩を抱いていたら、ザラさんが上着をかけてくれた。

「わっ、温かい。あ、でも、ザラさんは寒くないのですか？」

「あら、メルちゃん、忘れたの？　私が雪国育ちだってこと」

「あ、そうでした！」

ならば、ありがたく上着を貸してもらおう。

「これだけ流れ星がたくさんあったら、願い事をたくさん叶えてもらえそうね」

「そうですね！」

流れ星が流れる間、願い事をすると叶うという言い伝えだ。

「えっと……第二部隊の皆や、シャルロット、アイスコレッタ卿が健康でありますように！　それから、リヒテンベルガー侯爵にいいことがありますように！　あとは、実家の家族が幸せになりますように！　最後に、アメリアやリーフ、アルブムが、いつまでもいつまでも、元気でありますように！」

　これでもかと、お願いをしておく。隣で、ザラさんがくすくすと笑っていた。

「メルちゃん、自分の願い事はしなくてもいいの？」

「あ、そうでした」

　手と手を合わせ、願い事をする。

　私の願いは、ただひとつだけ。ザラさんと、幸せな結婚ができますように。

「ずいぶんと、熱心にお願いしているのね」

「ええ。絶対に、叶えたいので。ザラさんは、お願いしましたか？」

「ええ。メルちゃんと、幸せな結婚ができますように、ってね」

「えっ!?　わ、私もです。同じことを、願いました！」

「まあ、そうだったの？」

　まさか、同じことを願っていたなんて。笑ってしまう。

「だったらメルちゃん、もう、結婚しましょうよ」

「そうですね」

　別に、星に願う必要なんてない。自分達で叶えたらいいのだ。

　そんなわけで、星々に願ったものは、すぐに叶いそうだった。

＊

翌日、ルードティンク隊長に報告に行った。

「お前達……いつ、結婚するのかと、俺はずっとやきもきしていたぞ」

「それはそれは、知らずに失礼を」

「ごめんなさいね」

なんと、同居を申し出る以前から、ルードティンク隊長はいつ結婚の報告があるかとソワソワしていたらしい。

「まあ、何はともあれ、めでたいことだ。おめでとう」

「ありがとうございます」

「祝福してくれるようで、嬉しいわ」

「当たり前だろうが。それで、いつ挙式をするんだ？」

「来月にでも、と話し合っているのですが」

「ら、来月だと⁉」

「はい」

大々的な挙式や披露宴は行わない。私とザラさんの家で親しい人だけを招いて、ごちそうを食べるだけのフォレ・エルフ式で行うことに決めたのだ。

「私の故郷も、結婚式っていったらそんな感じなの」

「そうなのか」

貴族の結婚式が、大々的過ぎるのだ。王都に住む人達だって、ささやかな結婚式を挙げる人は多い。

「それにもう、メルちゃんの婚礼衣装は作ってあるから、準備は整っているのよね」

そうなのだ。ザラさんはそれはそれは美しい、婚礼衣装を作ってくれたのだ。

一回目の結婚を約束した日から、作り始めていたらしい。なんという仕事の速さ。

「そんなわけだから、クロウも予定を空けてもらえると、嬉しいのだけれど」

「わかった。空けておく。問題は、これからどうするか、だな」

「ええ」

騎士隊の規則で、夫婦は同じ部隊に所属できないらしい。つまり、ザラさんか私が、第二遠征部隊から異動しなければならないのだ。

「メルちゃんは、第二部隊に必要不可欠よ。異動は私がするわ」

「まあ、そうだな。俺も、それがいいと思っていたんだが――」

ルードティンク隊長は抽斗（ひきだし）から書類を取り出し、私とザラさんに一枚ずつ手渡してくれた。

「これは――！」

書類に書かれていたのは、騎士隊の新しい部署についてだった。

「騎士隊支援課……ですか？」

「ああ。遠征に行って辛い思いをする騎士のために、おいしい食事を提供できるよう、働きかける部署のようだ。ここで、働いてほしいという打診が、かなり前からあったんだ」

まだ、人員が集まっていないようで、始動していない部署らしい。

「この仕事は、おそらくお前にしかできないだろう」

「私、だけ……」

胸が、ドキンと高鳴る。皆と別れるのは辛いが、新しい部署の仕事にもかなり心惹かれていた。

「結婚したら、これまでのような遠征も難しくなるかもしれない。どうだ？　異動して、働いてみるのは」

「……」

「まあ、すぐに判断はできないだろう。しばらく、考えてくれ」

「はい」

執務室から出たあとも、胸がドキドキしていた。

「メルちゃん、大丈夫？」

「え、ええ。私かザラさんの異動は覚悟していたのですが、まさか、私を望んでいる部署があるとは思わなかったので」

「そうね」

私の知識が役に立つならば、活用したい。けれど、第二遠征部隊の皆と別れるのは、寂しい……。

「私の力を求めてくれるのは嬉しいのですが、第二部隊とも別れがたいです」

「メルちゃん、大丈夫よ。別に、ここを離れても、メルちゃんのことは、みんな永遠に大切な仲間だと思っているから」

「そ、そうですよね」

異動の件は、まだはっきり決められないけれど、前向きに考えよう。

第二遠征部隊にとっても、ザラさんが残るほうがいいだろうし。離れていても支援できるものを、新しい部署で考えればいいのだ。

「また、あとで一緒に考えましょう」

「ありがとうございます」

続けてベルリー副隊長に報告しようと思ったが、どこにもいなかった。シャルロットに尋ねたら、休憩室にいるという。

「もう、せっかくだから、みんなと一緒に報告しましょうか」

「そうですね」

ちょうどリーゼロッテも通りかかったので、休憩室にくるよう頼み込む。

私達が結婚の報告をすると、皆驚いた表情をしていた。ウルガスなんかは、涙を流している。

ザラさんを姉……ではなく、兄のように慕っていたので、悲しいのかもしれない。

皆から祝福してもらえて、本当に嬉しかった。

「スラちゃんが鷹獅子(グリフォン)流星群について教えてくれたおかげです」

「そうね。ここぞっていう時機が、今までなかったから」

スラちゃんは親指を立てるような仕草を取り、パチンと片目を瞑っていた。まるで「うまくやったね！お幸せに！」と言ってくれているようだった。

本当に、スラちゃん様様である。

＊

結婚式は来月の半ばに決まった。それまでに、パーティーの準備を着々と進めなければならない。

ルードティンク隊長は「自分達の結婚式の料理くらい、誰かに頼めばいいのに」と言っていた。だが、自分達の結婚式だからこそ、料理を作ってもてなしたいのだ。

この辺も、ザラさんと考えがガッチリ一致した。

「フォレ・エルフの結婚式は、基本結婚する側が料理を用意しますからね」

「私の田舎もよ。姉達の結婚式の準備は、骨が折れたわ」

「田舎の結婚式は、村中の人が集まりますからね」

「そうなのよ。見栄の張り合いっていうの？　大変だったわ」

私達の結婚式は、そこまで多くない。第二部隊の皆とシャルロット、アイスコレッタ卿にリヒテンベルガー夫妻、ルードティンク隊長の奥さんであるメリーナさんに、ガルさんの奥さんであるフレデリカさん――と、これくらいか。

「この人数だったら、余裕でおもてなしできるわね」

「そうですね」

結婚式のあとは一週間のお休みがもらえるので、その間にザラさんの故郷に行って挨拶を済ませる。

本当は結婚前に行きたかったけれど、馬車で五日、空を飛んでも二日半かかる距離なので、なかなか難しい問題であった。

「なんか、挨拶もしないで結婚するのは、申し訳ないのですが」

「いいのよ。両親は、私の結婚自体諦めていたみたいだから」

ザラさんのご両親とは、何度かお手紙を交わさせてもらった。ふたりとも、私との結婚を快く許してくれた上に、いつでも遊びに来てほしいと書いてくれた。

「ザラさんは私の両親に会う前、緊張していたと話していましたが、こんな気分だったのですね」

「メルちゃんのご家族に会った日は、人生の中で、もっとも緊張した瞬間だったと思うわ」

「私もたぶん、同じくらい緊張するかと」

どうか、気に入ってもらえますように。どうしようもない問題なので、こうなったら流れ星に願うしかないだろう。

「異動については、どうする？」

「そうですね」

朝から報告したら、ウルガスは大号泣していた。ベルリー副隊長も悲しそうな表情をしていて、リーゼロッテは無表情だったが、何も思っていないわけではないだろう。ガルさんとスラちゃんもしょんぼりしていた。シャルロットもぺたんと耳を垂らして、悲しげな様子を見せていたのだった。

「一日考えていたのですが、やはり、ザラさんが残って、私が異動するほうがいいかなと」

「そうね。私も、目の届かないところでメルちゃんが遠征任務に参加するより、騎士舎内での仕事をしているほうが安心だわ」

そうだ。異動したら、遠征に行ったザラさんの帰りを待たなければならないのだ。

「ど、どうしましょう。耐えられるでしょうか？」

シャルロットは毎回、健気に私達を送り出してくれる。なんて強い子なのか。

「私に、できると思います？」

「大丈夫よ。クロウが負けるところなんて、想像できないでしょう？」

「それは、確かに」

ルードティンク隊長は、皆が怪我をしない戦略を第一としてくれている。一見して大雑把な性格に見えて、周囲をよく見ているのだ。

「経験はまだまだだけれど、クロウの隊長としての能力は、かなりのモノよ。だから、私達第二遠征部隊は、負けたりなんかしないわ」

「そう、ですね。負ける気が、しません」

どうかこれからも、山賊力を見せつけてほしい。

ザラさんと話をしているうちに、だんだん決意が固まっていく。


あれから何回も、ルードティンク隊長やベルリー副隊長、ザラさんと話し合った。

ガルさんとスラちゃんにも、話を聞いてもらった。ふたりとも、私の信じる道を進めばいいと、奮い立たせてくれる。

リーゼロッテもお茶に誘い、じっくり話した。最初は私がいないと、遠征なんて行けるわけがない、異動なんてしないでと言っていたが、最終的に「別に、あなたがいなくても、遠征くらいやってみせるわ」と言ってくれた。ちょっぴり涙目だったので、私まで泣きそうになってしまう。

ウルガスは私が何か言わずとも、「リスリス衛生兵の決めたことを、応援します！」と声をかけてくれた。

シャルロットとは一緒に洗濯しながら、将来について語り合う。いろいろ不安はあるだろうが、部隊が離れても家に帰ったら一緒だと言い、微笑み合った。

そしてついに――私は第二遠征部隊から異動する気持ちを固めた。

＊

今日も今日とて遠征である。準備をするため、各々飛び出していった。

「リスリス衛生兵ー！」

あとを追いかけてきたのは、ウルガスである。

「あれ、ウルガス。どうしたんですか？」

「あの、遠征に、どんな物を持って行くのか、見せていただこうと思いまして。あの、もしも、リスリス衛生兵が異動したら、新しい衛生兵さんと一緒に荷物をまとめるとき、お手伝いできるかもしれないので」

「ああ、そういうことでしたか。ウルガスの荷物の準備は、大丈夫なんですか？」

「こういうこともあるかもしれないと、事前にまとめておいたんです」

「さすがですね」

「それほどでも～」

ウルガスと共に倉庫に行き、一緒に鞄の中に食材や救急道具を詰めた。

「これが、だいたい野営一日分ですね。船に乗る任務のときは、船酔いするルードティンク隊長のために、酔い止めを多めに持って行ってください。ベルリー副隊長が疲れているようだったら、スープに入れる唐辛子油をこっそり渡してくださいね。ガルさんは、戦闘で毛が絡まるときがあるので、この櫛で梳かせばきれいになります。水場がないときは、スラちゃんに頼んだら、こっそり水を分けてくれますよ。ザラさんは朝に弱いので、気にかけてくれると嬉しいです。あとは、リーゼロッテが不機嫌だったり眠れなかったりした時は、この薬草茶を淹れてあげてください。落ち着きます」

注意すべき点はこれくらいか。きちんと覚えたか、ウルガスのほうを見たら目を見張っていた。

「リスリス衛生兵は、すごいですね。きちんと、皆のことを見ています」

「それが、お仕事ですから」

「でも、普通の衛生兵は、ここまで踏み込んで、心配なんてしてくれないですよ。リスリス衛生兵は、隊員達の心も、守ってくれていたのですね」

そんなことを言われると、照れてしまう。特別なことをしているつもりはなかったのだが。

「私のしていることなんて、騎士隊全体で見たら、ただのお節介に見えるかもしれません。新しい衛生兵がきても、同じような仕事はできないでしょう」

「ええ、わかっています。だから、この心がけは、これから、俺が大事に記憶しておきます」

「ウルガス、ありがとうございます。ちなみにウルガスはお腹を下しやすいので、生水は絶対に飲まないでくださいね。湧き水も、ダメですよ。あと、ルードティンク隊長が大丈夫だったからというのも、信用してはいけません。ルードティンク隊長の体は、人並み外れて丈夫なので」

「はい……、ありがとうございます。腹痛に関して、何度か、お世話になりましたね」

ウルガスはいろいろな場面で、腹痛を起こしてきた。食材との相性もあれば、緊張から起こったときもある。薬が効かないときは、腹巻きを巻いてその中にアルブムを入れていた。これが結構、効果があるのだ。

「アルブムチャンさん療法にも、たびたびお世話になりましたね」

「腹巻きは、個人的に持ち歩いていてください」

「はい」

　異動したら、衛生兵が持ち歩く基本的な持ち物も見直さなければならない。

　今は、外傷を治療する物ばかりだ。けれど、騎士の中には船酔いや食欲不振、不眠や頭痛など、見た目ではわかりにくい症状で悩んでいる者達もいるだろう。

　怪我と違って、この辺は我慢しようと思えばできる。その結果、任務に支障がでたら元も子もない。

　新しい部署に行ったら遠征で培った経験を活かし、騎士を支える仕事の基礎を築くことができるだろう。

　たぶんそれは、私にしかできないことだ。しっかり、勤めあげなければ。

　ウルガスと共に荷物をまとめ、集合場所まで走る。

　本日の任務は、王都周辺に自生している毒キノコの採取。なんでも、キノコ狩りに行った人がうっかり食べて、亡くなっているらしい。食べられるキノコに酷似しているため、間違って食べてしまったのだとか。

　毒キノコの標本を作り、注意喚起に使用するようだ。

「毒キノコ探しならば第二部隊にって、俺達は毒キノコ探しで成果を出しているわけじゃないんだがな」

　ルードティンク隊長のぼやきに、ベルリー副隊長が答える。

「以前、キノコ系魔物の討伐をしたので、勘違いされているのでは？」

「あれはキノコ系魔物じゃなくて、キノコの着ぐるみを着ただけの変態だったじゃないか！」

　変態キノコ男を拘束した件がきっかけで、毒キノコ探しの任務を任されるきっかけになるなんて。なんだか笑ってしまう。

「ルードティンク隊長、毒キノコがどんな色で、どんな形状か、という情報は入っていますか？」

「毒キノコに似たキノコを預かっている」

ルードティンク隊長が懐から取り出した箱の中に、キノコが収められていた。

「あ、このキノコ、フォレ・エルフの森にも生えているやつです。もしかしてその毒キノコって、カサの裏が真っ黒なやつじゃないですか？」

「ああ、そうだ。よく知っているな」

「ええ。フォレ・エルフの森でも、間違って採ってきて、食べてしまって亡くなる事件が十年前くらいに起きていたんです」

「人だろうが、エルフだろうが、やることは皆一緒か」

「みたいですね」

「リスリスが知っているのならば、この任務は第二遠征部隊向きだったわけか」

ルードティンク隊長は深い深いため息をついたあと、「出発！」と指示を出す。

本日、アメリアとリーフはお留守番。両手を振るシャルロットと一緒に、見送ってくれた。

「みんな～、気を付けて、行ってきてね～」

『クエクエー』

『クエッ！』

手を振り返し、第二遠征部隊の騎士舎をあとにする。

本日は徒歩で、王都近くにある森まで向かった。森の出入り口付近には、『毒キノコ、注意！』の看板が立てられている。これも、あまり意味がないのだろう。

キノコの旬は秋だが、夏になると採れるものが、この、毒キノコと間違えやすいキノコなのだ。

「リスリス、キノコ探しは任せたぞ」

「了解です」

今回、アルブムにも協力してもらう。

『アルブムチャン、毒キノコ探シハ、得意ジャナインダケレド』

「もしも発見したら、パンケーキを焼いてあげます」

『オオ！　ナンカ急ニ、毒キノコ探シ、得意ナ、気ガシテキタ！』

アルブムの変わり身の早さに、笑ってしまう。

「では、探しますか」

『エイエイオー！』

キノコは湿った場所や、木の根っこに生えている。その辺を重点的に探したら、見つかるだろう。

アルブムはのっしのっしと森を闊歩しながら、謎の歌を歌っている。

『メルノパンケーキハ～、トッテモオイシイ～、世界一～～♪』

「アルブム、恥ずかしいので、止めてください」

『本当ノ、コトジャン』

私の焼くパンケーキを世界一おいしいと思っているのは、アルブムだけだろう。

アルブムを抱き上げ、顎の下をよしよしして強制的に黙らせる。

『デヘ、デヘヘヘヘ……！』

変な声で鳴いているが、パンケーキの歌を歌われるよりいい。

「あ、キノコ！」

さっそく、キノコを発見する。これは、食べられるほうのキノコだ。せっかく見つけたので、摘んでおく。

さらに数歩先にも、キノコが生えていた。

「ここにも！　あっちにも！　ああ、あれもそうですね！」

瞬く間に、カゴの中がいっぱいになった。今年はキノコが豊作だ。皆が、森にやってきて採りたくなる気持ちがわかってしまう。

「あそこにもあります」

「おい、待てや！　リスリス」

「ぐえっ!!」

ルードティンク隊長が、私の首根っこを掴む。

「もうキノコはいい。毒キノコだけ探せ」

「うう……はい」

一時間ほど探したが、毒キノコは見つからず。あっという間に、お昼になった。

「せっかくなので、このキノコを食べましょうか」

「あ、いいですね～！」

ウルガスは喜んでいたが、ルードティンク隊長は微妙な表情となる。

「おい、リスリス、そのキノコは、その、大丈夫なんだろうな？」

「毒キノコじゃないですよ。気になるのであれば、確認してください」

そう声をかけたら、ルードティンク隊長はキノコが入ったカゴの前にしゃがみ込む。ひとつひとつキノコをひっくり返して、毒キノコじゃないか確認していた。

本当に、繊細なんだから。

石を積んで簡易かまどを作り、リーゼロッテに魔法で小さな火を点してもらう。

やはりキノコといったら、バター炒めだ。採れたてなので、香りまで楽しめるだろう。

バターは溶けてしまうので、遠征には持って行けない。けれど、先日市場で特別なバターを発見したのだ。

「じゃーん！　熱で溶ける、飴バターです！」

「な、なんですかー！　それは⁉」

「ウルガス君、いい反応をしてくれますね」

通常、バターは常温で持ち歩くと、溶けてしまう上に、ダメになってしまう。

けれど、バターを長時間持ち歩きたい！　そんなバターファンの要求に応えたのが、この飴バターなのだ。

「一見して見た目は普通の飴ですが、加熱したら表面の飴が溶けて、バターがじわっと溶け出すんです」

「すばらしい！」

そんなわけで、遠征先でもバター炒めが楽しめるというわけだ。

キノコは、ルードティンク隊長が見ていないうちにそっとスラちゃんの口の中に入れる。

すると、洗浄と虫の除去をしてくれるのだ。野生のキノコは、虫とコンニチハしてしまう確率が非常に高い。しかーし！　スラちゃんがいれば、無問題。サッパリきれいにしてくれる。

キノコは軸を切り、旨みが逃げないようそのままの形で炒める。火が通ってしんなりしてきたら、飴バターで炒めるのだ。

ふんわりと、キノコのいい香りが漂う。仕上げに、黒胡椒をパラパラ振ったら、『キノコの飴バター炒め』の完成だ。直接パンに載せて、皆に配った。

「お待たせしました。どうぞ召し上がれ」

葉っぱのお皿にも、載せきれなかったキノコの飴バター炒めを置いておく。足りない人は、追いキノコができるというわけだ。

さっそくいただく。アツアツなので冷ましてから、がぶっと頬張った。

噛んだ瞬間、キノコの豊かな香りがふわ～～っと口の中で広がる。コリコリとした食感がすばらしく、一口ごとに感じる旨みが半端ではない。とってもおいしいキノコだった。

ルードティンク隊長は初めこそ疑いの視線を向けていたが、皆がおいしそうに食べるのを確認してからかぶりついていた。

「うまいな」

「でしょう？」

虫や汚れを除去してくれたスラちゃんには、感謝してもしきれない。

お腹いっぱいになったところで、調査を再開する。しばらくうろうろしていたら、木陰に山兎(ヒース)の死骸を発見してしまう。

「血を吐いているな。なんか、悪いもんでも食べたのか？」

『ア、毒キノコ、見ツケタヨ！』

山兎の死骸の近くに、毒キノコが生えていた。アルブムが発見する。

「もしかしなくても、毒キノコを食べてしまったのですね」

「みたいだな」

アルブムが指差すキノコを覗き込んだルードティンク隊長が、口元を押さえる。

「な、なんだ、これは！　さっき食べたキノコと、見た目がまんま同じじゃないか！」

そうなのだ。だから、皆、間違える。

「食べられるキノコと違って、カサの裏が黒いでしょう?」

「うっ……」

ルードティンク隊長は毒キノコを見て、顔色が真っ青になる。口を押さえているが、先ほどのキノコはよく似た食べられるキノコなので、安心してほしい。

「この毒キノコ、致死性が高い猛毒が含まれているのですが、毒抜きして食べられるのですよ」

「嘘だろう?」

「本当です。塩に十年漬けて、そのあと一年間水にさらしたあと、五年間天日干しするんです。フォレ・エルフの珍味として、毒抜きの技術が伝えられています。とってもおいしいらしいです」

「つーか、毒抜きに十六年もかかるのかよ!　絶対に食いたくない!」

祖父や父は、最高の酒の肴だと話していたが……。

無事、毒キノコを採取できてよかった。アルブムのお手柄である。

「帰ったら、パンケーキを焼いてあげますね」

『デヘヘヘ。楽シミ』

毒キノコを大事に木箱に収め、騎士隊に戻る。

後日、猛毒を持つキノコとして、大々的に発表された。判断に困る場合は、騎士隊に届けるようにというお達しもでているようだ。

毒キノコの被害はなくなり、キノコ愛好者の中に平和が訪れた。

めでたし、めでたしである。

＊

結婚式のメニュー決めは、非常に悩ましいものだった。

私の料理は、遠征先で空腹だからこそ「おいしい」と感じる水準のものである。家庭料理の範疇を超えていない。

それなのに、ザラさんは私に料理を考えてくれというのだ。

「メルちゃんの料理は、世界一おいしいから」

「いや、そう思ってくれるのは、ザラさんとアルブムくらいですよ」

「そんなことないわよ」

そんなことなど、あるに決まっている。

言ってしまえば、ザラさんやアルブムは、私の料理に含まれる愛を、感じてくれているのだろう。

自分で言うのも恥ずかしいので、絶対に口にしないが。

「普段、おいしい物を食べているリヒテンベルガー侯爵や、アイスコレッタ卿が、これが結婚式のおもてなし料理かと、ガッカリするのが怖くて」

「大丈夫よ、メルちゃん。きっと、おいしいって言ってくれるわ」

「だったら、結婚式当日のもぐもぐコードを作りたいです！」

「もぐもぐコードって？」

「朝から断食するんです。そうしたら、結婚式のときの私の料理が、おいしくなるはず！」

「ふふ、メルちゃんったら」

ザラさんは冗談だと思って笑っているが、私は本気だ。もぐもぐコードをきちんと守った者こそ、私が作る料理を食べるに相応しい。空腹は、最高のスパイスなのだ。

「でも、遠征先で食べた食事は、おいしかったですよね」

「そうね。焚き火がごうごう燃えているときなんかは、灰が料理に入るときもあったけれど、まったく気にならなかったわ」

「ええ」

きっかけは、ウルガスが兵糧食として用意していた、まずい干し肉とパンだった。

「本当に、まずかったんです。怒りを覚えるくらいに。今振り返ってみたら、ちょっと笑っちゃうんですけれど」

いろんな料理を、遠征先で作ってきた。ちょっとでもおいしい食事を取ることができたらと、保存食を持ち込んで調理した。現地で食材を確保するときもあった。

「メルちゃんは、よく、頑張っていたわね」

「私、食事をしているときの、みなさんの顔が好きだったんです。だから、頑張れたのかなと」

「第二部隊の騎士は、こんなに想ってくれるメルちゃんがいて、幸せ者ね」

そう言って、ザラさんは私の肩を抱いてくれる。

「これからは、メルちゃんを独り占めできるなんて、贅沢だわ」

突然の密着と、耳打ちに盛大に照れてしまった。口から飛び出してきたのは「デヘヘ」という、かつてアルブムが発していた変な鳴き声だった。

これはもう、いちゃいちゃする空気か……と思っていたが、ここで特大の着想が閃いた。

「あ、そうだ！　ザラさん。結婚式の料理は、これまで遠征で作った料理の再現にしてみません？」

「いいわね！　名案だわ！」

当時の遠征についての話で、盛り上がることもできるだろう。

数日に亘ってザラさんとふたりで、メニューを考える。ついに、結婚式のごちそうが決まった。

「こんなものですか」

「最高のコースだわ」

紙に書き出した料理を見て、ザラさんとふたりで満足げに頷く。これに勝る料理は、他にないだろう。

食前酒：ルードティンク隊長お気に入りの隠し白ワイン～たまに料理に使っていました、ごめんなさい～
前菜：樹液シロップをたっぷりかけた、パンケーキ
スープ：森の恵みの山賊風スープ
魚料理：白身魚のチーズ蒸し
肉料理：棒つきソーセージ
野菜料理：スライムあんかけ麺
チーズ：黄金風チーズグラタン
デザート：幻獣饅頭
食後酒：ルードティンク隊長お気に入りの赤ワイン～取り上げたまま忘れていました、ごめんなさい～

「前菜がパンケーキとか、黄金風・チーズグラタンとか、いろいろ突っ込みどころがありますが」

「大丈夫よ。みんな、喜んでくれるわ」

「だと、いいのですが」

結婚式の当日、カードにメニューを書いたものを配る予定だ。

「メルちゃん、コース名はどうする？」

「実は、決めていたんです」

さらさらと紙に書き、ザラさんに見せた。

「『エノク第二部隊の遠征ごはん』！　どうでしょう？」

「ぴったりなコース名ね！」

そんなわけで、無事、結婚式の料理は決まった。あとは、材料を買いに行ったり、お酒を注文したりと仕事はあるが、どれも楽しくこなした。

＊

結婚式は前日から料理を仕込む。シャルロットやアイスコレッタ卿だけでなく、メリーナさんやフレデリカさんも手伝いに来てくれた。

「メリーナさん、フレデリカさん、本当に、ありがとうございます」

「わたくし達も、結婚式の日はメルさんの手を借りたから！」

「ぜひとも、お手伝いをさせていただけたらなと」

「助かります～～！」

作っても作っても、終わらない。先が見えない調理がいつまでも、いつまでも続く。そこまで大人数ではないのに、不思議だ。

メリーナさんとフレデリカさんは、太陽が茜色になる頃に旦那様方がお迎えにやってくる。

「明日、楽しみにしていますわ！」

メリーナさんは元気よく、手を振りながら帰る。フレデリカさんは淑女の礼と共に、ガルさんと帰っていった。

あと、もうひと頑張りだ。

日が暮れるころには、ある程度完成していた。あとは明日、仕上げをするばかりである。

アイスコレッタ卿が作業の合間に昼食や夕食を用意してくれたので、朝から晩まで続けて調理ができたのだ。

「アイスコレッタ卿に、シャルロットも、ありがとうございました」

「いいよー」

「気にするでない」

明日が楽しみだという話をしてから、温かいお風呂に入って就寝した。

結婚式当日は澄み渡るような青空だった。しかし、眺めている時間はない。朝から準備でてんやわんやである。

朝食はパンに目玉焼きを載せたものを食べ、アイスコレッタ卿特製のスープで流し込み、シャルロットが摘んできた木苺（ルブス）を食べて終了。

料理の仕上げをして、結婚式の会場となる庭を整えて、アメリアとリーフをブラッシングし、アルブムはお湯に浸けてもみ洗いをして――。

そうこうしているうちに、身支度を調えてくれる美容師さんがやってきた。

作った料理の匂いが髪や服に染み付いているということで、入浴から始まった。自分的にきれいにしたつもりであったが、まだ匂いが残っていると、私までもみ洗いされてしまう。

髪をいい香りがするオイルで梳かされ、肌には美容オイルが塗り込まれ、爪先は整えられる。

二時間後、ようやくザラさんが作ってくれた婚礼衣装の前にたどり着くことができた。

「これは、素敵なドレスですね」

「ありがとうございます……！」

ザラさん渾身の婚礼衣装は、本当にきれいだ。

上から下まで純白で、清楚という言葉を現したようなドレスである。

袖は雲みたいにふわふわ膨らんでいて、裾や袖は精緻なレースで縁取られている。腰はベルベットのリボンで結ばれていて、スカートは大きく膨らんだ形だ。

スカートには銀糸で花模様が刺繍されているが、私が好きだと言った花ばかりだ。ザラさんは覚えていて、こうして縫ってくれたのだろう。これでもかと、愛情がこもった一着だ。

髪は大人っぽく、三つ編みにしてクラウンのように頭上に巻いてもらった。上から、ザラさん特製の小花のベールが被せられる。

「この花の一揃えも、素敵です」

そうなのだ。ドレスに合わせる装飾品は、コメルヴとアイスコレッタ卿、シャルロットが作ってくれたものだ。

花冠はベールと合うように、小さな白い花を選んでくれたらしい。耳飾りや首飾りも、同じ花を編んで作ってくれた。未来永劫枯れないよう、コメルヴが魔法をかけているのだとか。

丁寧に丁寧に、身支度を調えてくれた。やっとのことで、完成となる。

全身を映す姿見の向こうにいる私は、幸せそうな花嫁に見えた。

婚約破棄されて、半ばやけっぱちの気持ちで王都までやってきたのだけれど、まさか結婚できるとは夢にも思っていなかった。

騎士隊の白い正装姿のザラさんが、迎えに来てくれる。

「メルちゃん、とってもきれいよ」

「ありがとうございます。ザラさんも、すっごく、素敵です」

「ありがとう」

涙が溢れそうになるが、ぐっと堪える。泣いたら、美容師さんがきれいにしてくれた化粧が台無しになるから。

「もうみんな、来ているそうよ」

「では、結婚式の始まりですね」

玄関から外に出ると、笑顔で迎えてくれた。皆が、「おめでとう」と口々に言ってくれる。

嬉しくて、嬉しくて、結局泣いてしまった。ザラさんが、化粧が崩れないようそっとハンカチで拭ってくれる。

ルードティンク隊長はヤレヤレと言わんばかりだったが、メリーナさんから肩を拳で叩かれていた。相変わらず、メリーナさんは強い。

ベルリー副隊長は、夜空みたいな紺色のドレス姿でいる。すごくきれいで、似合っていた。目が合うと、優しく微笑みかけてくれる。

ガルさんはフレデリカさんと寄り添って、笑顔で手を振ってくれていた。素敵な先輩夫婦として、いろいろ見習いたい。スラちゃんも、両手をぶんぶん振ってくれている。

ウルガスは大きなリボンを付けたアルブムを抱き、私以上に泣いていた。いつの間に、ふたりは仲良くなったのか。笑ってしまう。

リーゼロッテは素敵な夕焼け色のドレスをまとっている。リヒテンベルガー侯爵は白いタイを結んだ燕尾服で参加していた。そして、リーゼロッテのお母様も、参加してくれた。少し前に帰ってきたようだが、それからずっと王都にいるらしい。リヒテンベルガー侯爵やリーゼロッテは、なんだか嬉しそうに見えた。

シャルロットは、私が以前着ていた金糸雀(カナリア)色のドレスをまとっている。天才的に可愛い。背後にいるウマタロも、同じ色のリボンを角に結んでいた。やっぱり、リボンの位置はそこなのか。

アイスコレッタ卿はいつもの板金鎧に、真っ赤なマントをまとっている。リヒテンベルガー侯爵と同じく、白いタイを巻いていた。鎧にタイって、新しすぎる。それが妙に似合ってしまうのは、アイスコレッタ卿だからだろう。

アメリアとリーフは、穏やかな表情で私達を見ていた。祝福してくれるようで、胸が熱くなる。

ブランシュも尻尾をゆらゆら揺らしながら、目を細めて私達を見つめていた。

皆を見ていたら、いつまで経っても涙が止まりそうにない。

泣きじゃくる私の代わりに、ザラさんが挨拶をしてくれた。

「今日は、集まっていただき、ありがとうございました。妻のメルと、大切な家族と、それから友人も交えて、おもてなしの料理を作りました。これらは、遠征に出かけた際に彼女が作った料理の数々です。この、小さな体で、たくさんの冒険を、支えてくれました。どの料理も、愛情たっぷりです。『エノク第二部隊の遠征ごはん』を、どうか、召し上がってください」

ザラさんの言葉を聞いて、さらに泣いてしまう。

「うう……ザラさん、ありがとうございます」

「メルちゃん、大丈夫？」

「も、もうちょっとしたら、復活します～」

青空の下、一生懸命作った遠征ごはんを食べる。

アルブムは早速、木の実入りの『パンケーキ』を食べていた。

『アアー、メルノパンケーキハ、ヤッパリオイシイネエ！』

大きすぎる独り言を口にしながら、バクバクとパンケーキを食べていた。

庭に設置された簡易かまどの上に置かれた鍋の中でぐつぐつ煮込まれるのは、『森の恵みの山賊風スープ』である。これは初めて、私が参加した任務で作ったスープの再現だ。

ウルガスはスープを飲みながら、しみじみ語る。

「俺の作った干し肉と、干したパンが生まれ変わって、かつおいしくなって、衝撃的なスープでした」

ウルガス特製の干し肉とパンのおかげで、私は第二遠征部隊での立ち位置がはっきりわかったのだ。今となっては、感謝したいくらいである。

尚、本日のスープは、ウルガスの固い干し肉までは再現していない。アイスコレッタ卿が手作りした干し肉である。素材がしっかりしているだけあって、遠征で食べた時よりおいしく仕上がっていた。

ベルリー副隊長も、頷きながらスープを飲んでいた。

「リスリス衛生兵みたいな子が、任務に付いてこられるか心配だったが、最初から立派に勤めあげていた。本当に感心する」

ベルリー副隊長の支えがあったからだろう。改めて、感謝の気持ちを伝えたい。

ルードティンク隊長は、メリーナさんに、『白身魚のチーズ蒸し』を取り分けてもらっている。

「この料理は、樹木人（トレント）が出た渓谷で作ったやつだな」

「ええ。クロウの魔剣スペルビアの能力が、開花したところだったわね」

「使えたのは、あれっきりだったがな」

感情を爆発させると特殊能力が発動する『七つの罪』シリーズの武器は、今となってはなんだか懐かしい。

ルードティンク隊長の魔剣スペルビアが司る感情は、『傲慢（ごうまん）』だ。

大量の樹木人を前に「倒してやる！」と発言したために、魔剣の特殊能力である黒い刃が具現化し、見事勝利した。なんだか、遠い日の記憶のように思ってしまう。

アイスコレッタ卿は、棒つきソーセージを温め直してくれている。じゅわじゅわと、脂が滴っていた。

「これは、初めてメル嬢に習った、すろーらいふ料理だ。感慨深い」

温めた棒つきソーセージを皆に配って歩き、最後はアイスコレッタ卿自らが口にする。

「ふむ。やはり、おいしいな」

お口に合ったようで、何よりである。

ガルさんとフレデリカさんは、『スライムあんかけ麺』を前に、切なそうな表情でいた。麺の材料が、スライムだからだろう。

スラちゃんは、別に気にしていないよ、という感じで身振り手振りをしていた。

ガルさんとフレデリカさんは、意を決して、という感じでスライムあんかけ麺を口にする。

「あら、おいしい……！」

そうなのだ。スライムのあんと麺は、共においしい。今では、スライム料理専門店もあるくらいである。

スラちゃんは、どこか誇らしげに見えた。

アメリアとリーフは、『黄金風チーズグラタン』を前に、思い出話に花を咲かせていたようだ。

リーフが黄金チーズを持ってきたとき、初めて紳士的な態度を見せてくれたのだ。あれから、アメリアの態度は軟化していた。

今ではすっかり仲良しだ。

食後の甘味『幻獣饅頭』の前には、リヒテンベルガー侯爵家の一家がいた。

幻獣饅頭は幻獣保護局から特別に焼き印を借りて、作らせてもらった。特製山栗（ルマロン）あんを、ふかふか生地が包んでいる。

「可愛くて、食べられないわ」

「そうだな」

「でも、食べなければ、ダメになってしまうわよ」

「お母様、本当に食べられないわけではないの。食べられないくらい、可愛いって意味だから」

「あなた達の会話は、複雑なのね」

一家のやりとりは、楽しげだ。リヒテンベルガー侯爵家は今まで以上に賑やかだろう。

なんというか、感無量だ。

王都に来たばかりの頃は、こんなにたくさんの人達に囲まれている自分を、まったく想像していなかった。

私の料理をきっかけに、人と人の縁が繋がっていったのだ。

私は絶対忘れないだろう。エノク第二部隊の遠征ごはんを。

皆で囲んだ、今日という日を。

*

そんなわけで、めでたくザラさんと結婚した私は異動となった。自分で言うのもなんだが、かなり惜しまれつつ……。

異動先は、『騎士隊支援課』。

そこでは騎士の健康的な食生活を考えたり、兵糧食を開発したり、食堂のメニューを考案したりと、毎日慌ただしい日々を送る。

食べ物関係に留まらず、遠征に挑む騎士の健康を考えたり、衛生兵の持ち物を見直したり、軽く動きやすい装備を考えたりと、活動は多岐にわたっていた。

さまざまな料理や装備を考えたことから、『騎士隊エノクの母』と呼ばれるようになるのは、少し未来の話である。


人生、何が起こるかわからない。

財産がなくても、魔力がなくても、器量がなくても、できることはある。

自分の手で好機を掴みに行くことこそ、大事なのだろう。

諦めずに頑張れば、道は開ける。

だからどうか、自分を信じてほしい――と、人生に迷う騎士がいたら、話すようにしている。

かつての私がそうであったように、あなたにも、無限大の可能性があるのだから。

エノク第二部隊の遠征ごはん　完

あとがき

こんにちは、江本マシメサです。

ついに、『エノク第二部隊の遠征ごはん』の最終巻をお届けすることができました。

以前にもあとがきなどでお話ししたかもしれませんが改めて作品について語らせていただきます。

まさか、七巻まで出していただけるなんて、想像もしておりませんでした。実は、小説家になろうで遠征ごはんの連載を始めるときも、習作のつもりで発表したんです。

というのも当時、男性向けの女性主人公ものと、料理もののブームが起きており、たまには流行り物を後追いで書いてみるか！　という勢いで書き始めました。

そのまま人気作品を真似するのも芸がないので、女の子はエルフにして、料理も騎士隊の遠征で食べるものを、と思って完成したのが遠征ごはんになります。

ありがたいことに、複数の出版社からオファーをいただいたのですが、その中で一番に連絡をいただいたのがマイクロマガジン社様だったわけです。

もともと、『転生したらスライムだった件』や『田中～年齢イコール彼女いない歴の魔法使い～』を読んでいましたので、即座に「よろしくお願いいたします！」と返したのでした。

全七巻を執筆するなかでいろいろあったのですが、遠征ごはん及び作者を見捨てず、最後まで面倒を見ていただきました。

過ぎ去った日々を振り返ると、反省と後悔が過り、土下座したくなります。今は、最大限の感謝の気持ちをお伝えしたいです。

担当編集の伊藤様、川口様、本当に本当に、最後まで、ありがとうございました！

これからはいちファンとして、ＧＣノベルズの本を追い続けたいと思います。

そして機会に恵まれるのならば、再びお仕事をご一緒できたらとこっそり願っております。


イラストを担当してくださった赤井てら先生も、すばらしいお仕事をしてくださいました。

最初に、イラストレーターさんの希望を聞かれ、「山賊が描ける方を」とお願いしていたのですが、希望通りのドンピシャな山賊を描いていただきました。

なんといっても、毎回表紙を飾るメルがとても可愛くて、仕上がりの原稿が届くたびにニコニコしておりました。

今まで刊行した遠征ごはんを並べると、感慨深くなります。

山賊や、奴隷エルフ、美人なお兄さんに、イケメンお姉さん、無口な獣人に、普通の少年、幻獣ハァハァ娘、幻獣大好きおじさんなど、無茶振りなオーダーにも的確に答えてくださり、心から感謝しております。

最後まで、最高のクオリティでイラストを仕上げてくださり、ありがとうございました！

これからも、赤井先生のご活躍を、楽しみにしております。


他にも、たくさんの方々に、作品作りに協力していただきました。

感謝しても、しきれません。

スタイリッシュなデザインを作ってくださったデザイナー様、誤字脱字を指摘してくださった校正者様、店頭で本を販売してくださった書店員様……あげたらキリがありません。

おかげさまで、すてきな本を世に出すことができました。ありがとうございました。

最後になりましたが、読者様へ。

ついに、最終巻となってしまいました。七巻の告知後より「寂しい」という言葉をいただいていたのですが、当の私はいまいち実感がありませんでした。

しかし今になって、最後なんだ……と思い、ひとりウルウルおります。

最後までお届けできたのも、読者様の応援あってのことです。

メルの遠征にお付き合いいただきまして、ありがとうございました。


少し前のことになりますが、私は一度だけ「もうダメだ」と思ったときがありました。

そのとき私を助けてくれたのは、偶然届いた一通のファンレターでした。

作品を待っている読者様がいるのに、途中で投げ出すわけにはいかないと、心を入れ替えることができました。

作家という生き物は単純なもので、お手紙の一通でどん底から這い上がれるのです。

もしも、応援している作品がありましたら、お手紙を書いてください。作品が面白い、作品が好き。そんなシンプルな一言でも、作家は大喜びします。

世知辛い世の中で、一通の手紙が打ち切り作品を救う、なんて奇跡は起きないのかもしれません。

しかし、作家は救えるのです。

そのことをお伝えしたく、書かせていただきました。

今までたくさんのお手紙を送っていただき、ありがとうございました。現状、お返事は書けていないのですが、一通一通大切に保管し、たまに読み返したりしております。私の宝物です。

なんだかしんみりしてしまいましたが、遠征ごはんの新コミカライズは始まったばかりです！

コミックＰＡＳＨ！（https://comicpash.jp/）にて、好評連載中です。

武シノブ先生に、とびきり可愛いメルを描いていただいております。個性豊かなメンバーも、活き活きと登場しておりますので、応援よろしくお願いいたします。

それでは、またどこかで皆様にお会いできるよう、日々、精進いたします。

江本マシメサ

おまけ　メルとウルガスの遠征クッキング

「こんにちは、メル・リスリスです。前回は失踪してしまい、申し訳ありませんでした」

「無事、戻ってこられてよかったです。助手のジュン・ウルガスです」

「遠征クッキングも、最終回となりました」

「感慨深いです。しかし、これから遠征にリスリス衛生兵がいないなんて、まったく想像できません。これからいったい、どうなるのか……」

「そんなウルガスのために、メル印の干し肉を伝授します。通常の干し肉は生肉を乾燥させるのですが、失敗したものを食べるとお腹を壊すので、燻製干し肉を紹介します」

「お、おお！」

「思えば、始まりはウルガスの不味い干し肉からでしたね」

「その節は、本当に申し訳なく思っています」

「いえいえ。不味い干し肉のおかげで、第二遠征部隊に打ち解けたので、今では感謝していますよ」

「よかったです！」

「では、早速作り始めましょう。ウルガス、材料を読み上げてください」

「了解です。えっと、三角牛(カローヴァ)のもも肉、塩、黒胡椒、砂糖、薬草ニンニク、目箒草(バジリコ)、迷迭香(ローゼマリー)、葡萄酒です」

「ウルガス、ありがとうございます。まずは、もも肉以外の材料を混ぜて煮込んだら、ピックル液という燻製の調味タレが完成します。ピックル液が完全に冷えたら、薄切りにしたもも肉を三日ほど保冷庫で漬け込むのです。三日後、ピックル液から取り出して、保冷庫で二日ほど乾燥させます」

「了解です。こちらが、二日間乾燥させたお肉ですね？」

「はい。このお肉を、燻煙材を使ってじっくり四時間ほど、燻製させます」

～四時間後～

「ウルガス、燻製干し肉が完成しました！」

「うまそうです！」

「試食してみましょう」

「ううっ……旨みが肉にぎゅぎゅっと濃縮されていて、噛めば噛むほど、味わい深く感じます」

「おいしくできていましたね」

「はい……！　さすが、リスリス衛生兵です」

「これからは、ウルガスも作れますね」

「はい！　頑張ります」

「――以上、遠征クッキングの最終回でした」

「最後で悲しい……え？　コミックＰＡＳＨ！　版のコミックスで、出張遠征クッキングがあるかもしれないって？」

「ウルガス、私達の遠征クッキングは、まだまだ終わらないようです」

「嬉しい悲鳴です」

「これからも、エノク第二部隊の遠征ごはんをよろしくお願いいたします。メル・リスリスでした！」

「最後までお読みいただき、ありがとうございました。ジュン・ウルガスでした！」

GC NOVELS

エノク第二部隊の遠征ごはん

2020年4月2日　初版発行

著者
江本マシメサ

イラスト
赤井てら

発行人
武内静夫

編集
伊藤正和／川口祐清

装丁
横尾清隆

印刷所
株式会社平河工業社

発行
株式会社マイクロマガジン社
〒104-0041 東京都中央区新富1-3-7 ヨドコウビル
[販売部]TEL 03-3206-1641／FAX 03-3551-1208
[編集部]TEL 03-3551-9563／FAX 03-3297-0180
http://micromagazine.net/

ISBN978-4-89637-991-4 C0093

本書は小説投稿サイト「小説家になろう」(http://syosetu.com/)に掲載されていたものを、加筆の上書籍化したものです。